共和国的历程

新型军队

我军正规化建设步伐加快

刘 亮 编写

蓝天出版社 吉林出版集团有限责任公司

图书在版编目（CIP）数据

新型军队：我军正规化建设步伐加快 / 刘亮编写．
—北京：蓝天出版社，2014.10（2023.3重印）
（共和国的历程）
ISBN 978-7-5094-1251-0

Ⅰ．①新… Ⅱ．①刘… Ⅲ．①革命故事－作品集－中国－当代 Ⅳ．①I247．8

中国版本图书馆 CIP 数据核字（2014）第 232646 号

新型军队——我军正规化建设步伐加快
编　　写：刘　亮
策　　划：金永吉　荆忠峰
责任编辑：梅广才　王燕燕
出版发行：蓝天出版社　吉林出版集团有限责任公司
地　　址：北京市复兴路 14 号
邮　　编：100843
电　　话：010—66983715
经　　销：全国新华书店
印　　刷：北京楠海印刷厂
开　　本：710mm×1000mm　1/16
字　　数：69 千
印　　张：8
版　　次：2016 年 3 月第 1 版
印　　次：2023 年 3 月第 3 次
定　　价：29.80 元

前　言

中华人民共和国自1949年10月1日成立以来，已走过了六十多年的风雨历程。历史是一面镜子，我们可以从多视角、多侧面对其进行解读。然而有一点是可以肯定的，那就是，半个多世纪以来，在中国共产党的领导下，中国的政治、经济、军事、外交、文化、教育、科技、社会、民生等领域，都发生了深刻的变化，中国人民站起来了，中华民族已屹立于世界民族之林。

这段时间放到整个历史长河中是短暂的，有如弹指一挥间，但它带给中国的却是极不平凡的。六十多年里神州大地经历了沧桑巨变。从开国大典到60年国庆盛典，从经济战线上的三大战役到经济总量居世界前列，从对农业、手工业、资本主义工商业的三大改造到社会主义市场经济体制的基本确立，从宜将剩勇追穷寇到建立了强大的国防军，从废除一切不平等条约到独立自主的和平外交政策，从"双百"方针到体制改革后的文化事业欣欣向荣，从扫除文盲到实施科教兴国战略建设新型国家，从翻身解放到实现小康社会，凡此种种，中国人民在每个领域无不留下发展的足迹，写就不朽的诗篇。

六十几年在历史的长河中犹如沧海一粟，但对身处其间的个人却是并非无足轻重的。其间究竟发生了些什么，怎样发生的，过程怎样，结果如何，非人人都清楚知道的。对此，亲身经历者或可鲜活如昨，但对后来者却可能只是一个概念，对某段历史的记忆影像或不存在或是模糊的。基于此，为了让年轻人，特别是青少年永远铭记共和国这段不朽的历史，我们推出了这套《共和国的历程》。

《共和国的历程》虽为故事形式，但与戏说无关，我们是想借助通俗、富于感染力的文字记录这段历史。这套丛书汇集了在共和国历史上具有深刻影响的重大历史事件。在丛书的谋篇布局上，我们尽量选取各个时代具有代表性的或深具普遍意义的若干事件加以叙述，使其能反映共和国发展的全景和脉络。为了使题目的设置不至于因大而空，我们着眼于每一重大历史事件的缘起、过程、结局、时间、地点、人物等，抓住点滴和些许小事，力求通透。

历史是复杂的，事态的发展因素也是多方面的。由于叙述者的视角、文化构成不同，对事件的认知或有不足，但这不会影响我们对整个历史事件的判断和思考，至于它能否清晰地表达出我们编辑这套书的本意，那只能交给读者去评判了。

这套丛书可谓是一部书写红色记忆的读物，它对于了解共和国的历史、中国共产党的英明领导和中国人民的伟大实践都是不可或缺的。同时，这套丛书又是一套普及性读物，既针对重点阅读人群，也适宜在全民中推广。相信它必将在我国开展的全民阅读活动中发挥大的作用，成为装备中小学图书馆、农家书屋、社区书屋、机关及企事业单位职工图书室、连队图书室等的重点选择对象。

编　者
2014 年 1 月

目

录

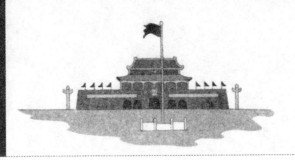

目录

一、 调整军队体制

● 邓小平说："军队膨胀起来，不精干，打起仗来就不行。我想军队绝大多数同志是不满意这种现状的。"

● 邓小平说："裁军是个得罪人的事，我来得罪吧，不把矛盾交给新的中央军委主席。"

● 1984 年 5 月颁布的《中华人民共和国兵役法》正式确立了中国人民解放军、中国人民武装警察部队和民兵三结合武装力量新体制。

邓小平提出整顿军队思想

1975 年 1 月 25 日，邓小平在总参谋部机关团以上干部会议上，发表了《军队要整顿》的重要讲话。

其实，早在 1971 年叶剑英主持中央军委日常工作时，就对军队进行过初步整顿。

叶剑英以毛泽东"加强战备"、"要准备打仗"的指示为契机，努力恢复军事训练，狠抓军队思想和作风建设，并取得了可喜的成绩。

但是，由于当时各种原因，严重干扰了部队的各项建设，叶剑英的初步整顿显得步履维艰。

邓小平的这次讲话，就是在这样的背景下发表的。当时，与会的所有干部都在期待着走出困局，走向新的开始。

会议上，邓小平说：

军队膨胀起来，不精干，打起仗来就不行。

我想军队绝大多数同志是不满意这种现状的。

会场里的人听了纷纷点头，邓小平说出了他们多年来一直憋在心底的话。

数年以来，军队不断增加人员，层级越来越多，买个灯泡也要写个文件在各级领导之间画上好长一阵子的"圈"，这样的体制怎么能适应战争的需要呢？

会议上，人们不由自主地竖起了耳朵仔细地听，那些拿着笔记录的人也几乎忘记了自己的职责，关注地望着邓小平。

"所以毛泽东同志提出军队要整顿。"邓小平接着说道，

> 军队的总人数要减少，编外干部太多要处理；优良传统要恢复……总参谋部、总政治部、总后勤部的责任更大，三总部本身首先要整顿。

接下来，邓小平还就加强军队内部的团结，加强纪律性作出重要指示。在邓小平看来，只有加强军队内部团结、令行禁止，军队才有战斗力，也才能成功实现军队规模的裁减。

听到要裁减人员，会场里的人们心里不禁"咯噔"一下。虽然军队裁减人员是军队整顿必须采取的举措，但谁也不想这把"剪刀"剪到自己的头上。

在主席台上，邓小平似乎体会到了人们的心情，但他依然坚定地表示，军队要像军队的样子。现在提出纪律性，首先要从我们北京的机关、部队做起。

邓小平明确地指出：军队要整顿，要安定团结，要落实政策，这些原则是不会错的。为了做到这些，我们

调整军队体制

要增强党性，消除不团结因素，加强纪律性，提高工作效率。

所有的人都听出了邓小平的弦外之音：军人要服从命令，服从军队建设和国家建设的大局。裁减规模是为了提高工作效率，而提高工作效率就必须严格执行纪律。

无论参加会议的人们怎样想，他们心里都明白，军队建设已经走到了一个十字路口，在这场大变革中，所有的军人都要服从国家的大局。

共和国的 历程·新型军队

进行军队编制体制改革

1975 年，邓小平在中央军委扩大会议上强调，调整军队的组织结构、军队的领导和指挥关系、各级的职权划分和部队的编组，即调整编制体制应处于主导地位，是带根本性的问题。

在改革党和国家的领导制度过程中，邓小平说：

> 领导制度、组织制度问题更带有根本性、全局性、稳定性和长期性。这种制度问题，关系到党和国家是否改变颜色，必须引起全党的高度重视。

军队的编制体制作为国家军制的重要组成部分，在国家制度中具有举足轻重的作用，对于有效地促进军队建设、保证军事战略方针、目标和任务的实现，具有非常重大的意义。因此，邓小平把体制改革作为军队整顿的重点，通过体制改革来带动其他方面的改革。

在邓小平的领导下，军队的体制编制建设不断得到完善和落实。

1975 年 7 月 14 日，邓小平在中央军委扩大会议上再次指出：

搞好军队的编制整顿、体制整顿，可以适当解决军队的其他问题。

共和国的历程·新型军队

1975 年 7 月 19 日，中共中央批准了中央军委《压缩军队定额，调整编制体制方案》。

随后，中央军委转发总政治部《关于安排超编干部的方案》。中国人民解放军总参谋部制定了《压缩军队定额，调整编制体制方案》，初步进行了压缩军队规模、整编军队体制的工作。

体制改革首先从调整领导班子开始。调整领导班子是一项政策性很强的工作，在报请党中央批准后，中央军委成立了以叶剑英、聂荣臻、粟裕、陈锡联等为成员的领导小组，领导调整领导班子工作。

1975 年 8 月至 11 月，在叶剑英主持下，中央军委对各大军区、各总部、各军兵种和北京卫戍区、国防科委等 25 个大单位的领导班子逐个地进行考察、调整、配备。

8 月 30 日，中央军委发出通知，发表经毛泽东批准的中国人民解放军大多数单位的主官名单。

经过调整配备，绝大多数大单位建起了一个精干的、敢字当头的、强有力的领导班子。

由于大批干部曾经执行"三支两军"任务，部队形成了两套班子，一套在地方执行"三支两军"任务，一套在部队主持工作。

有的部队，当时一个职位上副职干部达到 4 名之多。按照《关于安排超编干部的方案》，决定将几十万超编干部转业到地方工作。

从 1975 年第四季度开始到 1976 年，各军区、各军兵种按新编制进行整编，裁减部队，调整机构。

陆军步兵部队精简 27.3%。其中工程兵、铁道兵精简最多，两者精简占陆军兵种部队精简总人数的 92%。有些部队实行简编，保留技术骨干，减少普通兵员。将县、市中队移交地方公安部门，改为人民警察部队。

海军精简 21%。调整基地、舰艇、高射炮兵和航空兵部队的编制体制，将部分工程建筑部队改为基建工程兵性质的部队，不计军队定额。

空军精简 16.4%。主要精简机关，空降兵部队实行简编，撤销一部分高射炮兵部队，工程修理部队改为基建工程兵性质的部队，不计部队定额。

各军区及直属单位精简 38%，总部及其直属单位精简 16.5%。

精简整编后，全军陆军、机关、保障部队比例减小，1976 年全军总人数在上一年基础上减少 13.6%，技术兵种、海军、空军、战斗部队、院校和科研单位的比例增大。按照现代战争的要求，部队的编组状况已经有了较大改善，并相继增建了一批电子对抗部队，恢复和新建了一批导弹快艇部队和部分快艇基地勤务处，海军快艇

调整军队体制

部队已成为一支遍布沿海要地的近海突击力量。猎潜艇、护卫艇和登陆艇部队也有一定发展，建立了装备国产导弹驱逐舰的驱逐舰支队。

此外，为了加强对国防科学技术和国防工业生产的统一领导，国务院、中央军委决定，成立中央军委科学技术装备委员会。

1977年12月28日，中央军委举行全体会议，中央军委副主席邓小平再一次重申在几乎所有的领域，所有方面，制定章程的重要性。他说：

> 章程是整顿军队、准备打仗所必需的。有了这些章程，我们就有章可循，就能够统一认识，统一行动。

邓小平那带有浓重四川口音的声音在宽敞的会议室里回荡：

> 我们有可能争取多一点时间不打仗。因为我们有毛泽东同志的关于划分三个世界的战略和外交路线，可以搞好国际的反霸斗争。另一方面，苏联的全球战略部署还没有准备好。美国在东南亚失败后，全球战略目前是防守的，打世界大战也没有准备好。所以，可以争取延缓战争的爆发。

在邓小平和军委其他领导同志的主持下，这次会议制定了《关于军队编制体制的调整方案》。

全军从 1978 年开始，精简的重点是各级领导班子和领导机关，首先是总部和各军兵种、大军区、省军区领导机关。

同时，充实担负坚守要点任务而人数较少的守备部队和担负守备任务的机动步兵师的编制人数，继续改装部分步兵师的编制装备，等等。

在 1980 年 3 月的军委常委扩大会上，邓小平发表了《精简军队，提高战斗力》的长篇讲话，他讲的第一个问题就是"消肿"。

邓小平说：

> 我们国家现在支付的军费相当大，这不利于国家建设；军队人员过多，也妨碍军队装备的现代化。减少军队人员，把省下来的钱用于更新装备，这是我们的方针。如果能够节省出一点用到经济建设上就更好了……总之，搞四个现代化也好，把军队搞精干、提高战斗力也好，都需要"消肿"。

为使高级干部认清"消肿"的紧迫性，邓小平对机构臃肿提出了严肃的批评："真正打起仗来，不要说指挥作战，就是疏散也不容易。"

调整军队体制

他严肃批评了这种状况。

邓小平在后来同杨尚昆、韦国清、杨勇、王平等的谈话中谈道：

这都涉及一个制度问题，要改革。归根到底要解决军队的制度问题。

邓小平断言世界形势

1977 年 12 月，邓小平在中央军委全体会议上作出压缩规模、改革编制体制的决定，让在场的所有人心中一震。大家知道，这是一个军队战略指导思想发生重大转变的信号。

邓小平作出这样的决定是有充分根据的，他首次提出的"战争可能延缓"的论断，就是基于当时的世界形势而提出的。

事情也正如邓小平的判断一样，国际形势正在趋于缓和，1978 年连续发生的大事件就是最好的证明：

苏联发射了人类历史上第一艘货运飞船。美国结束了与日本进行的长达 5 个月的贸易大战。

联合国在汉堡召开的 78 个全权代表会议上通过了《联合国海上货物运输公约》，即"汉堡规则"。

欧共体与中国签订一项包含最惠国待遇条款的贸易协定，自 6 月 1 日起生效。

东盟五国在雅加达举行第六届经济部长会议，就建立合资企业、扩大区域内特惠贸易等问题达成协议。

西方七国首脑在波恩举行第四次经济会议，讨论刺激经济和避免通货膨胀等问题。

中国和日本和平友好条约签订并正式生效。

调整军队体制

美元汇价暴跌，11 月 1 日美国政府采取支持汇价措施，欧共体与非、加、太地区 46 个发展中国家签订《洛美协定》。

中国和美国发表中美建交公报。

两个超级大国都在忙着自己家里的事情，欧洲发达国家在忙着联合，东南亚形势趋于缓和，中国的外交取得突破性进展。

……

面对纷繁复杂的国际形势，邓小平用当年指挥打仗时的审慎目光冷静观察，用当年运筹帷幄时的睿智细心分析。渐渐地，国际上的错综复杂的形势清晰地出现在他眼前。

就在邓小平做出"战争可能延缓"的论断一年后，中国共产党召开十一届三中全会。

根据国内主要矛盾和国内外形势的发展，党的十一届三中全会决定把全党工作的着重点和全国人民的注意力转移到社会主义现代化建设上来。

全会要求，全党、全军和全国各族人民，为在 20 年内把中国建设成为社会主义现代化强国而奋斗。

20 世纪 80 年代初，世界在向和平努力迈进的主流下，局部的规模冲突仍然不断发生。苏联入侵阿富汗，中东地区战火不断；在我国南部边境，中国人民解放军打赢了自卫反击战……

在党的十一届三中全会后，邓小平又依据马克思主义战争观的基本原理，通过对战后国际关系的历史进行总结和考察，通过对国际问题的现实进行思考和分析，对世界发展趋势及战争与和平问题做出了突破性的判断和结论。

在邓小平的眼中，世界变得清晰了。

尽管当时世界仍然烽烟四起，但是，邓小平通过对国际形势长期的观察分析和国际战略形势发生的重大变化，进一步明确地提出了"和平与发展已经成为时代主题"的科学论断。

邓小平指出：

> 冷静地判断国际形势，多争取一点时间不打仗还是可能的。

1985 年 3 月，邓小平再次明确指出：

> 现在世界上真正大的问题，带全球性的战略问题，一个是和平问题，一个是经济问题或者说发展问题。和平问题是东西问题，发展问题是南北问题。概括起来，就是东西南北 4 个字。
>
> 还有其他许多问题，但没有这两个问题带有全球性、战略性和至关全局的意义。
>
> 战争的危险还存在，但是和平力量的发展

调整军队体制

超过了战争力量的发展，世界大战至少在 20 世纪末打不起来，中国完全有可能为国家的社会主义现代化建设和军队现代化建设争取一个有利的国际环境。

邓小平断言：

在一个较长时间内世界大战打不起来，可以使中国人民更加集中力量坚持改革开放，把经济建设搞上去，实现国家和军队的现代化建设。因此，军队建设必须服从和服务于国家经济建设这个大局。

正是基于对国际形势及我国的建设环境做出的科学判断，对和平与发展这个时代主题的揭示，党中央和中央军委开始酝酿新时期人民军队建设指导思想的战略性转变。

提出新的战略指导思想

20世纪80年代上半叶，两伊战争以死亡数十万人的代价无果而终，双方的军队在火线上对峙。这一回合，幕后推手美国和苏联打成了平手。

中东地区战火频仍，以色列在美国的支持下站稳了脚跟，在弹丸之地的耶路撒冷建立了自己的国家。这次交锋，原本属于苏联势力范围的中东被美国插足。

在外太空，美、苏两国展开激烈竞争。苏联频繁发射宇航飞船，建立了世界上第一个空间站，在美国人的头顶上建立了监视哨和武器发射平台；美国人奋起直追，里根总统批准了"星球大战"计划，要与苏联死战到底……

两个世界超级大国争夺世界霸权的斗争从未停止，全球性的战略争夺日益加剧，从陆地、海洋、空中发展到外层空间。

面对复杂多变的国际形势，1981年9月19日，邓小平做出了清晰判断，他指出：

> 超级大国的争夺日益加剧……苏联霸权主义加速推进全球战略部署，严重地威胁着世界的和平和我国的安全。对此，我们必须保持高

调整军队体制

度的警惕。

在这个思想的指导下，我国一方面抓紧自身建设，一方面审慎地观察国际形势，为出台新的治国方略准备素材。经过几年的观察，邓小平坚定了最初的判断。

在 1985 年的军委扩大会议上，邓小平进一步指出，我们改变了原来认为战争的危险很迫近的看法。全世界维护和平力量进一步发展，在较长时间内不发生大规模的世界战争是有可能的，维护世界和平是有希望的。

邓小平说：

这几年我们仔细地观察了形势，认为就打世界大战来说，只有两个超级大国有资格，一个苏联，一个美国，而这两家都还不敢打。

邓小平洞若观火地分析了原因：

其一，苏、美两家原子弹多，常规武器也多，由于核武器的巨大破坏力和超级大国之间战略核均势的形成，使有资格打世界大战的两个超级大国都有了毁灭对方的力量，谁对谁都没有绝对优势，因此，谁也不敢先动手。

其二，美、苏都在进行全球战略部署，但都受到了挫折，都没有最终完成，双方争夺出现了相持的局面，在这样的情况下，二者都不敢轻举妄动。

因此，在不放松军事准备的前提下，以美国为首的

共和国的 **历程** · 新型军队

资本主义国家改变了同社会主义国家斗争的策略与方式，以"和平演变"为主的战略代替了以武力扼杀为主的战略。

其三，最为重要的是和平力量的增长超过了战争力量的增长，这个和平力量首先是第三世界，也包括日本、西欧和东欧，美国和苏联的人民也不支持战争，所以分析起来，支持战争的没有多少。

同时，在世界性殖民主义统治迅速解体的情况下，帝国主义国家同殖民地、半殖民地国家的矛盾，已经演化为发展中国家同发达国家之间的矛盾。发展中国家与发达国家之间的贫富悬殊，成为世界经济繁荣的巨大障碍和导致国际局势动荡不安的重要原因。

因此，从殖民主义体系下获得政治独立的民族国家要真正赢得独立，必须把民族经济的振兴与发展作为自己的中心任务，以彻底冲破国际旧秩序的束缚，摆脱帝国主义国际体系的剥削。发展中国家的发展和发达国家的再发展问题，越来越上升为全球普遍关注的问题。

其四，以经济、科技为重点的综合国力竞争越来越成为国际竞争的中心内容。新技术革命的全面展开进一步使世界范围内的经济、科技竞争趋于激烈。能否以经济、科技发展为龙头，带动综合国力的全面增强，从根本上决定着每个国家在世界上的分量和地位。

其五，中国的强大是制止世界大战的重要因素，中国的发展就是制约战争的力量的发展。如果中国在 20 世

调整军队体制

纪内达到"小康水平",制约战争的力量就会有很大增长,如果再经过 30 年到 50 年的建设接近发达国家水平,那时,战争就更难打起来了。

邓小平的上述分析,是构成战争与和平问题新认识和新判断的基本依据。他指出和平与发展是世界的主题,和平的力量超过战争的力量。

1985 年 6 月,邓小平再次指出:

> 在较长时间内不发生大规模的世界战争是有可能的,维护世界和平是有希望的。

1987 年 5 月,他进一步强调:

> 对于总的国际局势,我的看法是,争取比较长期的和平是可能的,战争是可以避免的。

这就明确了当时所讲的相对和平时期,并不是一个短时间的,它将持续一个较长的历史时期。在此期间,不再强调立足于"早打、大打",我们要抓住历史机遇,安下心来搞建设。

邓小平同时又辩证地指出,旧的世界战略格局虽然已经被打破,但世界和平与发展这两大问题至今一个也没有解决。和平与发展是当今时代的主题,但不等于"天下无战事";对抗趋向对话,紧张趋向缓和,也不等于对抗消失；战争虽然可以避免，但这是指世界规模的战争即世界大战，不是说一切规模和样式的战争都是可以避免的。他指出，霸权主义和强权政治依然存在，霸权主义是当代战争的主要根源。

1989年，他进一步讲道：

> 小的战争不可避免，现在不发达国家之间的战争，实际上是发达国家的需要。

由于领土、民族和宗教矛盾错综复杂，在导致世界大战的因素得到更大的制约的同时，地区性、偶发性的局部战争和武装冲突的可能性不仅不能完全加以排除，相反，在一定的条件下，这类局部战争和武装冲突甚至可能进一步增多。

邓小平指出：

> 它既可能由陆海疆域争端而引起，也可能由其他利益矛盾而诱发；既可能是同强大敌国交锋，也可能是同实力相当或总体实力不及自己的对手对阵；既可能在预有准备的方向上发生，也有可能在出乎预料的方向突然爆发；既可能在本土一定纵深内打，也可能在边境附近打；既可能是陆战，也可能是相对独立的海战或空战。

调整军队体制

正如邓小平所预料的那样，1982 年，英国与阿根廷就马岛的主权问题爆发冲突；在 20 世纪 90 年代，美国出兵波斯湾，将伊拉克军队驱逐出科威特；进入 21 世纪，美国本土纽约的世贸大楼遭到袭击，连国防部五角大楼也未能幸免。

邓小平当时就认为，对中国而言，发展不对称力量是应付其越来越复杂的安全环境的一个最有效的办法。发展不对称力量对于一个大国来说是一种典型的预算选择。

中国当时这种专注于经济建设的好处在于：一个具有注重发展和创新精神的社会，在世界的不对称战争中将具有巨大优势，如同美国因拥有大规模的工业基地而在第二次世界大战中具有巨大优势那样。

事实上，高瞻远瞩的邓小平当时提出的"总体实力不及自己的对手对阵"，已经在新的世纪里，以"不对称战争"的形式普遍存在。

根据这个判断，邓小平指出：

大战虽然能推迟，但是一些偶然的、局部的情况是难以完全预料的……小的战争不可避免。

要保持警惕，放松不得……一定要扎扎实实做好反侵略战争的准备。

邓小平的这些指示，使我军建设的战略指导思想发生了战略性扭转。即，由应对全面战争转向应对局部战争，军队建设的指导思想从立足于"早打、大打、打核战争"转到和平时期建设的轨道上，以要准备应付可能发生的局部战争和武装冲突，要把打赢局部战争作为军队的主要任务，把军事斗争准备的重点放在应付可能发生的局部战争和武装冲突上。

这一思想落实到当时的军队建设上，就是要充分利用大仗一时打不起来的和平条件和有利时机，从长计议、从容安排，有计划、有章法地更好地培养、生成、积蓄和增强军队的战斗力。

调整军队体制

中央军委下达精简方案

1982 年 7 月 29 日，国务院、中央军委决定成立中国人民解放军国防科学技术委员会，撤销原中央军委科学技术装备委员会、中国人民解放军国防科学技术委员会及国务院国防工业办公室。

9 月 15 日，中央军委在 1980 年精简整编的基础上，向全军下达了进一步调整军队体制和精简整编的方案，并报请中共中央批准。

这次精简整编的重点是大力精简机关，改革不合理的编制体制，压缩非战斗人员和保障部队，部分部队实行简编，并将部分部队移交地方。

首先是中央军委的调整改革。中共中央决定中央军委由主席、副主席、秘书长、副秘书长组成，军委常务会议由秘书长、副秘书长组成，负责处理军委日常工作。

1982 年 12 月，五届全国人大五次会议修改通过的《中华人民共和国宪法》规定，中华人民共和国设立国家中央军事委员会，领导全国武装力量。

设立中华人民共和国中央军事委员会，是国家政治体制和军事体制的重大改革。中华人民共和国中央军事委员会和中国共产党中央军事委员会均简称为中央军委，其职能和成员都是同一的，两个机构融为一体，充分体现了以人民解放军为主体的中华人民共和国武装力量，既是中国共产党绝对领导下的武装力量，也是中华人民共和国的武装力量的一致性，充分体现了党和国家对军队领导的一致性。

同时，将军委炮兵、装甲兵、工程兵机关，分别改为总参谋部炮兵部、装甲兵部、工程兵部；各大军区的炮兵、装甲兵、工程兵机关则相应改为军区司令部的业务部门。

后来，又将这些业务部门作了相应合并，撤销了基建工程兵，所属部队按系统对口集体转业到国务院有关部或地方部门，铁道兵与铁道部合并，撤销铁道兵番号，其部队集体转业移交铁道部。

这次精简整编，迈出的步子应该说是比较大的。在此之前，国家还采取了紧缩军费，把军事设施转交民用或军民合用，军工企业转产民品和支援地方建设等一系列重大措施。

但是，邓小平仍不满意，他在这个整编方案上批道：

这是一个不能令人满意的方案，现在可以作为第一步实行，以后还得研究。

从1983年起，军委副主席杨尚昆为进一步实现"消肿"的目标倾注了大量心血。直到1984年国庆节前一天晚上，他还要总参军务部连夜把新一轮的精简整编方案

调整军队体制

送来审阅。

1984 年 11 月 1 日，中央军委召开座谈会讨论精简整编方案，邓小平在会上表达了一个惊人的决心：中国军队要进行大裁军。

在裁军问题上，邓小平可以说是下了很大决心的，并不惜得罪一批人：

> 精简整编，要搞革命的办法。一次搞好了，得罪人就得罪一次。用改良的办法，根本行不通。军队如此，地方也是如此。
>
> 裁军是个得罪人的事，我来得罪吧，不把矛盾交给新的中央军委主席。

这才有了 1985 年的百万大裁军。

完成一百万裁军任务

1985 年 6 月 4 日，邓小平在中央军委扩大会议上郑重宣布：

中国政府决定人民解放军减少员额 100 万。

这次大裁军，是新中国成立以来军队进行的第二次大规模的精简整编，是促进国家和军队现代化建设的重大举措，也是国防建设指导思想真正从注重数量规模转到注重质量效能，走有中国特色精兵之路的战略性转变。

1985 年 7 月 11 日，中共中央、国务院、中央军委批转了《军队体制改革精简整编方案》，要求全军部队克服各种困难，坚定不移地贯彻执行；要求各级党政机关和全社会要关心和支持军队的改革和精简工作。

裁军并不是一味地裁减数量，而是要坚持"少而精"。邓小平指出，我军过去只讲数量，不讲质量。现在改变了，讲质量，讲真正的战斗力，要搞少而精的、真正顶用的部队。

所以，百万裁军并不是简单的大裁员，而是战略性结构大调整。

在裁军的过程中，陆军航空兵部队、海军舰载机部

调整军队体制

队、电子对抗部队等新兵种，以及预备役部队相继成立。随着集团军的组建，陆军中特种兵比例超过了步兵。

按照中央军委的部署，全军从 1985 年下半年开始，按照先机关，后部队、院校和保障单位的次序，实施体制改革和精简整编方案。

各总部、军兵种和国防科工委机关及直属单位，撤并业务相近的部门和重叠机构，降低部分单位的等级，减少层次，人员减少 40% 左右。同时撤并部分军队院校。军队的国防科学技术委员会和科技装备委员会，与国务院国防工业办公室合并为国防科学技术委员会。

裁减部队，淘汰陈旧装备，强化部队合成。大军区由原来的 11 个合并为 7 个，撤并了武汉、昆明、福州、新疆 4 个大军区。减少师团级单位 4054 个、军级单位 31 个，并降低了部分单位的等级。

海军、空军淘汰陈旧装备，相应地减少了人员。一些担任内卫、执勤任务的部队移交公安部门，改为武装警察部队。县和相当于县的市人民武装部改归地方建制，实行地方与军队的双重领导，县市人武部划归地方建制 2592 个。

减少军官数量，改变官兵比例不合理状况。各级领导班子减少了副职干部。在确定实行义务兵和志愿兵相结合的兵役制度后，实行士官制度。

部队的 76 种职务由军官改为士官担任，减少了干部数量，提高了战士的比例，初步改变了官兵比例不合理的状况。

为提高战斗力，较大幅度地调整了各兵种的编成比例，加强特种兵建设，提高合成程度。

保留下来的陆军全部整编为合成集团军，将大部分的独立炮兵、装甲兵和野战工兵部队编入集团军，并充实扩编了通信、防化、运输分队，有的还增加了电子对抗分队，使陆军兵种发生重大变化。特种兵数量第一次超过步兵，突击能力和机动作战能力得到加强。

调整军队院校，初步理顺了指挥院校初、中、高三级体制。成立新兵教导师、团，初步形成"先训后补"的训练体制。军事学院、政治学院、后勤学院合并为国防大学，培养军以上高级合成指挥员、大军区以上机关高级参谋人员和军队高级理论研究人员。

已经组建的预备役师、团正式列入人民解放军的建制序列，并授予番号和军旗，形成常备军与后备力量相结合的新体制。

结合体制改革、精简整编，按照革命化、年轻化、知识化、专业化的方针调整配备领导班子，一批德才兼备、年富力强的干部走上领导岗位，使部队领导班子的年龄、知识结构得到改善，干部队伍的整体素质得到空前的提高。

在编制体制和人员的大变动中，全军广大指战员坚决服从党中央、中央军委的号令，妥善处理各种关系，保持部队工作的连续性，保证训练、战备等工作的正常

调整军队体制

进行。

全军编余干部共 60 多万人，到 1986 年，共安置 37 万人，加上 1987 年转业 12 万人，共安置约 49 万。官兵比例由 1 :1.45 降至 1 :3.3，其中陆军部队官兵比例由原来的 1 :4 变为 1 :6.4。到 1987 年底，经过体制改革和精简整编，基本完成裁军 100 万的任务，军队建设发生了重要变化。

军队规模减编，可以集中经费用以研制和发展现代化武器装备，加快军队现代化建设步伐。

机构精简，层次减少，使指挥机构更加灵便。

后勤供应体制的改进，不仅能节省人力、物力、财力，而且后勤保障更为有效。

人民解放军在精兵、合成、平战结合、提高效能等方面达到了一个新水平。

确定武装力量新体制

1984 年 5 月颁布的《中华人民共和国兵役法》，正式确立了中国人民解放军、中国人民武装警察部队和民兵三结合武装力量新体制，中华人民共和国中央军委领导并统一指挥全国的武装力量。

新的武装力量体制，既可在平时满足维护国内安全的需要，又能在战时充分发挥解放军、武警部队和民兵三结合武装力量体制的优点，并使之更有力量，符合我国国情、军情，符合我国武装力量的性质和特点，是新形势下完成国防使命的客观要求。

党的十一届三中全会以后，我国进入了以经济建设为中心的现代化建设新时期。

为了防止国内外敌对势力对我国进行危及国家安全的阴谋犯罪活动，1982 年党和国家对我国的武装力量体制作了新的调整，重新组建中国人民武装警察部队，实行国务院、中央军委双重领导。

为实现人民军队武装力量的结构优化，自从人民军队组建那天起，军队就一直与面对的战争形势与时俱进。

毛泽东在总结中国革命战争的经验时认为，要夺取中国革命胜利，必须有一支人民军队作为骨干力量，同时还应把人民群众组织和武装起来，直接参加或配合军

调整军队体制

队作战，并提出了主力兵团和地方兵团相结合、正规军和非正规军相结合的主张。

武装群众和非武装群众相结合的武装力量体制，最大限度地把不同层次的人民群众组织到人民战争中去，壮大人民军队的力量。

在不同时期和不同的形势下，"三结合"的具体方式不一样。

土地革命战争时期，主要是主力红军、地方红军和赤卫军、少年先锋队的结合。抗日战争时期是主力军、地方军和民兵、自卫队相结合。解放战争时期是野战军、地方军和民兵相结合。

战争的实践证明，这种武装力量体制，实现了军队和人民的总动员，形成了人民战争的汪洋大海，这是我们战胜敌人的法宝。

中华人民共和国成立后，大规模的武装斗争逐步停止，国家进入相对和平时期，武装力量面临着两方面的新情况：

一方面，职能、任务与夺取政权的时候不完全一样，既担负着对外反抗侵略、保卫祖国的任务，又担负着对内防止敌对势力的颠覆破坏，维护社会治安，保障社会稳定的任务。

另一方面，为了保证国家集中力量发展经济，武装力量建设必须做到"平时少养兵，战时多出兵"。

为适应新的历史条件，我军的武装力量体制在继承和发扬革命战争年代光荣传统的基础上，不断改革，走出了一条具有中国特色的平战结合型的武装力量体制发展道路。

在新中国成立后的不同时期，我国"三结合"武装力量体制经历了不同的具体组织形式。

从1949年实行人民解放军、人民公安部队和民兵相结合，公安部队归公安机关建制领导开始，相继实行了野战军、公安部队（公安军）和民兵相结合，主要担负内卫和边防任务的公安部队归军队建制领导；实行人民解放军、人民武装警察和民兵相结合，人民武装警察和公安部队隶属公安机关，实行军队和公安机关双重领导；实行全国公安部队统一整编为人民解放军，归军队建制领导。

至此，1978年颁布的宪法，确认我国"实行野战军、地方军和民兵三结合的武装力量体制"。

调整军队体制

建设我军合成化部队

1985 年，在中国军队的编制序列中，第一次出现真正意义的合成集团军。

迈出合成化部队建设这一步，是历史的必然选择。

早在 1975 年 7 月，邓小平在军委扩大会议上就指出：

> 现在是合成军队作战，空中也有，地面也有，水里也有，不是过去的小米加步枪了。

在这次会议上，邓小平提出了军队要"消肿"，要改革编制体制、加强军队合成建设的思想。

19 世纪初，世界军事舞台上出现了由陆军各兵种组合在一起的战役编成单位——集团军。20 世纪中叶的第二次世界大战，使集团军这一基本战役军团的编组和作战更加趋于成熟和完善。

中国人民解放军 1927 年诞生时，全部由陆军组成。土地革命战争和抗日战争时期，绝大多数是步兵，有少量的骑兵、炮兵、工兵、通信兵等部队。

解放战争时期，中国人民解放军陆军规模不断扩大，武器装备明显改善，发展了炮兵、工程兵和通信兵部队，新建了坦克兵和防化兵部队。

新中国成立后，在中央军委领导下，对军队进行了整编，组建了一些新的兵种，由此，陆军不再是陆军部队作战的基本力量。

此后，经过多次精简，到1958年，陆军编制人数仅为新中国成立时的1/3。其中，特种兵部队发展迅速，占陆军兵种部队兵力的比例超过了20%。陆军初步完成了由分散领导向集中统一指挥、由单一步兵体制向诸兵种合成体制、由落后装备向比较先进装备的历史性转变，为以后的发展奠定了基础。

然而，我军陆军的体制编制依然不能适应战争的发展。朝鲜战场上，我军一个军装备的火炮还不如美军一个团的火炮多，多兵种协同作战的能力也不如对手。

随着世界军事变革的开始、新的作战样式的出现和战场空间的扩大，战争对所有的军队都提出了结构上的进一步要求。

现代战争是诸军兵种的合同作战，要求军队的编组进一步向合成方向发展。现代战场条件复杂，情况瞬息万变，要求军队编组更为灵活，具有快速反应能力。现代战争需要进一步加强集中统一指挥，要求减少指挥层次，精干指挥机构。

而合成，是现代军队编制体制发展的方向。随着人民军队现代化、正规化建设，以及武器装备的不断更新发展，在中央军委的统一领导下，不断加强对陆军的合

调整军队体制

成化建设。

党的十一届三中全会以后，人民解放军陆军合成体制建设进入了新的发展时期。

1980年以后，为适应军队发展和未来反侵略战争的需要，根据精兵、合成、平战结合和提高效率的原则，在进一步减少步兵数量、继续扩大建制内各种特种兵比例、提高合成化程度、增强部队的整体威力和独立作战能力的思想指导下，中央军委对陆军的编制先后进行了两次较大调整和改革。

1980年3月，中央军委召开常委扩大会议，集中讨论军队精简整编问题。

会上，军委副主席邓小平强调指出：

军队要提高战斗力，提高作战效率，就必须"消肿"，减少冗员，把省下来的钱用于更新装备。要重点减少步兵员额，加大技术兵种的比例，以提高部队的防空、反坦克火力和机动能力。要从编制体制上把诸军兵种捏拢来，要搞合成军。

邓小平强调指出：

要根据各战区特点，根据军队装备不断改进的情况，搞些合成军、合成师。

要编组合成军，就是要逐步地把部队合成起来。

根据这一精神，此次整编，压缩了编制员额，陆军的总兵力比 1979 年又减少了 27%，占全军总定额的 52%，着重加大了特种兵的比例，以提高部队的防空、反坦克火力和机动能力。

1982 年 2 月，中央军委成立了体制改革、精简整编领导小组，以加强对体制改革、精简整编工作的具体领导。

1982 年 7 月，中央军委召开座谈会，确立了对军队体制改革、精简整编的四项原则：精兵、合成、平战结合、提高效能。

这次主要是精简陆军步兵，进一步增大陆军编成内的各种技术兵种比例。

陆军的编成开始组建机械化步兵师，原属兵种建制的坦克师及大部分炮兵师也划归陆军。同时，由各军代管军区下放的部分独立兵种部队，开始进行合成集团军编组试点。

1982 年 9 月，根据体制改革和精简整编的原则，中央军委对北京军区、沈阳军区的两个军进行了编组合成集团军的试点。

至此，陆军总人数精简了 17.5%，陆军的编制体制虽几经调整，有了一定改善，但合成程度还是比较低，特种兵部队数量少，火力、机动能力差，合成问题仍未

调整军队体制

从编制体制上予以解决。

1983年12月，人民解放军开始组建装备步兵战斗车或装甲输送车的机械化步兵师，机械化步兵师编有机械化步兵队、坦克队、炮兵团、高炮团、工兵营、通信营、防化连以及各种勤务保障分队，每个步兵团都拥有步兵、炮兵、导弹兵、坦克兵、工兵、防化兵、侦察兵等十多个兵种和几十个专业。

编成内的各兵种部队有机结合，能独立地或在其他军、兵种的协同下执行作战任务。以主战坦克、步兵战斗装甲输送车为主体的机械化步兵师已成为陆军的基本突击力量。

1985年，邓小平在正确分析和判断当时国际战略格局和周边态势的发展趋势的基础上，提出了世界的主流是"和平与发展"、世界大战打不起来的思想，军队建设指导思想实行了战略性转变。

战争实践证明，兵种再多，武器装备再好，但如果不能把这些兵种有机地结合在一起，也难以发挥整体威力。因此，现代军队的整体战斗力是以合成为前提的。

为了改变我军编成单一、合成程度低的情况，适应军队发展和未来现代化战争的需要，完善陆军编制体制，1985年军委扩大会议明确提出了精兵合成、质量建军的方针，决定对陆军的组织编制再次进行重大调整。

根据这次会议的决定，1985年7月，中央军委作出了减少军队员额 100 万的战略决策。人民解放军撤销了 31 个军级单位、4054 个师团级单位。

与此同时，中央军委对军队的体制和编制作了重大改革，把保留的陆军全部整编为集团军。

在整编过程中，为了使陆军担负起战役作战任务，中央军委对炮兵、装甲兵和工程兵的编制体制进行重大变革。

除留少数师作为预备炮兵师外，大部分炮兵师撤销师、团部，与军属炮兵统一整编为炮兵旅、高炮旅，属集团军建制。

一部分坦克师和军属坦克团改建为坦克旅，坦克师和新改建的坦克旅均划归陆军集团军建制，形成了集团军属坦克师或旅，步兵师属坦克团的组织形式。

工程兵除保留部分部队作为战略预备队归军区和总参谋部建制外，大部分部队编入陆军集团军。集团军所属下兵团以营或连为单位实行专业化编组，配备火箭布雷车、火箭扫雷、火箭爆破器、带式舟桥、机械化桥以及各种大型机械，具有快速完成筑路架桥、构筑工事、设置和排除障碍、实施伪装、构筑给水站等任务的能力。

同时，还整编了通信团，扩编了防化、运输分队，并新组建了导弹、电子对抗等一些新的技术分队。有的集团军还配有直属坦克和直升机部队。

至 1985 年 12 月，整编工作顺利结束。这时的集团军，通常编有步兵师（摩托化或机械化步兵师）、坦克

调整军队体制

师、炮兵旅、高炮旅、工兵团、通信团、防化营，以及各种勤务保障分队。部分集团军为机械化集团军，并编有直升机大队。

陆军整编为集团军，使人民解放军陆军的兵种结构发生重大变化。

整编后的陆军集团军加大了特种兵的比重，战斗力大大提高。

在集团军编成内，形成了四大力量，即地面突击力量、火力支援力量、作战保障力量和后勤技术保障力量。

其中，地面突击力量以步兵、摩托化步兵、机械化步兵为主体；火力支援力量由炮兵、防空兵、陆军航空兵组成；作战保障力量以侦察兵、通信兵、工程兵、防化兵、气象兵和电子对抗专业分队组成；以运输、修理、管线、卫生、军需、器材等专业分队组成后勤保障力量。

这四部分的力量相互支持，有机配套，共同组成了一个完整的作战系统。有的还以反坦克导弹、火炮、火箭炮和武装直升机组成既能从地面发射，又能从空中发射，远、中、近距离相配套的反坦克火力体系，具有抗击敌集群坦克的能力。

这样，就使陆军集团军中的传统步兵的比例降低，坦克兵、炮兵、陆军航空兵、机械化步兵等专业兵种达到数十个，涵盖一百多种专业。特种兵数量第一次超过了步兵数量，成为陆军的主要作战力量。炮兵成为第一大兵种，各兵种达成了合成编组。

诸兵种合成的集团军有利于各种武器装备、人员在战斗中密切配合，充分发挥整体威力。

与原陆军相比，集团军的火力、突击力、机动作战能力、防护力和快速反应能力均有较大提高，作战方式从传统的地面转向了空中、水上、电子对抗等立体作战，基本上能够在上级编成内或独立地遂行战役作战任务，整体作战威力和独立作战能力得到提高。

编组陆军合成集团军，是人民军队在建设现代化合成军队道路上迈出的具有历史意义的一步，标志着人民解放军现代化、正规化建设进入一个新的阶段。

1988 年 1 月 9 日，经中央军委批准，人民解放军集团军编成内的第一个陆军直升机大队正式成立。同时，总参谋部成立了陆军航空兵业务领导机构，建立了陆航基地和学校，为陆续组建新的陆军航空兵部队做准备。

陆军航空兵的组建，使陆军的快速机动和合同作战能力大大提高。

调整军队体制

建立军队干部离退休制度

1986 年 10 月，邓小平与李先念、陈云约定在党的十三大时一退到底。然而，在党的十二届七中全会上，许多代表要求邓小平不要退。

早在 1975 年 7 月 14 日，邓小平在中央军委扩大会议上作了《军队要整顿》的讲话，提出在军队设顾问组的问题。

他指出：

> 设顾问是一个新事物，是我们军队现在状况下提出的一个好办法。设顾问，第一关是谁当顾问；第二关是当了顾问怎么办。……顾问也有权，就是建议权。顾问要会当，要超脱。不然，遇事都过问，同级党委吃不消。设了顾问，究竟会有什么问题，等搞年把子再来总结经验。

就建立领导干部离休制度问题，国务院曾先后下发了《国务院关于安置老弱病残干部的暂行办法》、《国务院关于老干部离职休养的暂行规定》、《国务院关于老干部离职休养制度的几项规定》。

在《国务院关于老干部离职休养制度的几项规定》中明确规定:

> 正省级干部65周岁,副省级和正副厅、局级干部60周岁,其他干部男60周岁、女55周岁应当离休。身体不能坚持正常工作的可提前离休。确因工作需要、身体又能坚持正常工作的,经批准可适当推迟离休。

之所以要建立离休制度,是考虑到老干部不愿交班,于是,规定退职后仍然享受在职时一样的待遇,未到年龄而离休还有优惠。

离休待遇的原则是"基本政治待遇不变,生活待遇略为从优",即干部离休后按同级在职干部规定的范围阅读文件,听重要报告,参加有关重要会议和政治、文化活动,了解国内外形势和中国共产党的方针政策;原工资照发,医疗、住房、用车、生活用品供应等优先照顾。

对于抗日战争时期及其以前参加革命工作的干部分别给予生活补贴。

离休制度对鼓励革命有功的老干部交班和做好新老干部的交替工作有促进作用。

另外,中华人民共和国国务院向离休干部颁发《老干部离休荣誉证》。

1977年12月,邓小平在中央军委全体会议上提醒:

调整军队体制

现在我们的领导干部年龄都比较大了，5年以后，50岁以下的人，打过仗的就很少了。所以，我们这些老同志，要认真选好接班人，抓紧搞好传、帮、带。

1978年6月2日，在全军政治工作会议上，邓小平再次谈到接班人的问题：

我们老同志在这个问题上，眼光要放得远一些，要积极发挥骨干作用，选好接班人，带好接班人。这件事做好了，我们才有资格去见马克思，见毛主席，见周总理。

1978年底，党的十一届三中全会召开，全会恢复了实事求是的思想路线，确立了以"四化"建设为工作重心的新的政治路线。选拔大批的中青年干部进入领导岗位显得更为急迫。

邓小平明确提出，应将废除终身制、实行退休制作为党的重大议题、重大决策和重大任务。

在1979年9月5日的全国组织工作会议上，时任中共中央秘书长的胡耀邦传达了邓小平的意见：

要把培养选拔中青年干部、改革干部制度作为当前迫切的任务来抓。

此后，胡耀邦先后多次指出：

> 党的十一届三中全会以后不久，我们就讲要废除党和国家领导职务实际上存在的终身制……最根本的应该是建立退休制度。
>
> ……
>
> 我提倡废除终身制，而且提倡建立退休制度。

1980 年 2 月 23 日至 29 日，主要为解决组织路线的十一届五中全会在北京举行。邓小平高瞻远瞩，在会上强调：

> 5 年以后再开中央全会，在座的相当一部分人不能工作了，那时再考虑接班人问题就晚了。

五中全会讨论了党章修改草案，提出了废止领导干部职务实际存在的终身制。

会议结束不久，中央政治局会议通过了《关于丧失工作能力的老同志不当"十二大"代表和中央委员候选人的决定》，在实现领导干部年轻化方面迈出了重要的一步。

为了给五届全国人大三次会议的人事变动工作做好思想准备，1980 年 8 月 18 日，邓小平以紧迫的历史责任

调整军队体制

感就党和国家领导制度的改革在中央政治局作了重要讲话。

邓小平说：

> 提拔中青年干部接班工作，当然要有步骤地进行，但是太慢了不行。错过时机，老同志不在了，再来解决这个问题，就晚了，要比现在难得多，对于我们这些老同志来说，就是犯了历史性的大错误。

1981 年 6 月，六中全会刚落下帷幕，邓小平又特意把各省、市、自治区党委书记留下来开会。他说：

> 全国范围的干部接替问题，如果再过三五年不解决，那就可能造成一种混乱，要来一次灾难。解决这样一个大问题，老同志要开明，要带头……这是为后事着想。

1982 年 1 月 13 日，邓小平在中央政治局会议上谈到要老同志让路、让中青年干部接班的问题时，把它比喻为"一场革命"，并疾呼：这场"革命"不搞，让老人、病人挡住比较年轻、有干劲、有能力的人的路，不只是"四个现代化"没有希望，甚至要涉及亡党亡国的问题，可能要亡党亡国。

1982 年 2 月 20 日，中共中央颁布了《关于建立老干部退休制度的决定》。

"决定"指出：

中央认为，建立老干部离休退休和退居二线的制度，是必要的。

老干部离休退休年龄的界限，考虑到当前干部的实际状况和接替条件，应当规定：担任中央、国家机关部长、副部长，省、市、自治区党委第一书记、书记，省政府省长、副省长，以及省、市、自治区纪律检查委员会和法院、检察院主要负责干部的，正职一般不超过 65 岁，副职一般不超过 60 岁。

担任司局长一级的干部，一般不超过 60 岁。个别未到离休退休年龄，但因身体不好，难以坚持正常工作的，经过组织批准，可以提前离休退休。

个别虽已达到离休退休年龄，但因工作确实需要，身体又可坚持正常工作的，经过组织批准，也可以在一定时间内暂不离休退休，继续担任领导职务。

建立老干部离休退休和退居二线的制度，妥善解决新老干部适当交替的问题，是一场干部制度方面的深刻

调整军队体制

改革，是关系我们党兴旺发达，国家长治久安，社会主义现代化建设宏伟事业能够顺利实现的具有战略意义的重大决策。

废除干部终身制，实行退休制度，在初期之所以困难重重，除了一些老干部主观认识方面的原因外，也存在干部队伍的青黄不接的问题。如果老同志一下全退下来，确有实际困难，年轻的干部也需要经验丰富的老同志传、帮、带。

这种特殊的历史现状，决定了短期内全面实行领导干部的退休制度难以达到。于是，中央在 1982 年党的"十二大"上，审议和通过了《中国共产党章程（修改草案）》，正式宣布在中央和省级设立顾问委员会，负责年轻干部的选拔和传、帮、带。邓小平被会议选为中央顾问委员会主任。

根据中共"十二大"党章的规定和邓小平在中央顾问委员会第一次全体会议上的讲话精神，在薄一波的主持下，中顾委制定出《关于中央顾问委员会工作任务和工作方法的暂行规定》，确定了中顾委的工作方针是"宜少不宜多，宜虚不宜实；量力而行，尽力而为"。

邓小平在中顾委成立时预计，全国范围内的新老干部的合作与交替的完成大概需要 10 年。因此成立顾问委员会只是一种过渡性措施，实际上是在为离退休制度做准备。

邓小平在 1979 年 11 月 2 日召开的中央党、政、军机关副部长以上干部会上提出：

　　　　要真正解决问题不能只靠顾问制度，重要
的是要建立退休制度。
　　设顾问委员会，是一种过渡性质的。

邓小平后来又说：

　　　　两年前我就说过，我希望带头退休。顾问
委员会一成立，我就说这是过渡形式，归根到
底还是要建立退休制度。

他是这样说的，也是这样做的。
　　针对"邓小平不能退"的呼声，邓小平多次答复和
解释，表示他不退不行。
　　在这种情况下，中央人事安排小组提出，让邓小平
"半退"，即先退一点，过一段时间再全退。
　　在 1987 年 11 月党的十三大上，邓小平就不再担任
中央政治局常务委员、中央政治局委员、中央顾问委员
会主任的职务，只留任党和国家的中央军委主席。
　　1989 年 9 月，邓小平正式提出辞职请求：

　　　　经过慎重考虑，我想趁自己身体还健康的
时候辞去现任职务，实现夙愿。这对党、国家

调整军队体制

和军队的事业是有益的。恳切希望中央批准我的请求。我也将向全国人民代表大会提出辞去国家军委主席的请求。

1990年3月至4月，五届全国人大三次会议，批准了邓小平辞去中华人民共和国中央军事委员会主席职务的请求。

二、 实行新军衔制

- 在一次重要军事行动中，狭窄的国防公路上坦克车、装备车、运输车和步兵队伍拥挤在一起，被堵在十字路口，黑压压一片……

- 中央军委决定：军衔制只有在精简整编完成后才能实行，争取 1984 年做好，1985 年实行。

- 邓小平身穿深灰色中山装，神采奕奕，面带微笑，与人们一一握手，连声说："祝贺你们！祝贺你们！"

恢复军衔制提上日程

1980 年 3 月 12 日，邓小平在军委扩大会议上明确提出，军队还是要搞军衔制。搞不搞军衔制，也是组织路线问题。

在几个月前的一次重要军事行动中，狭窄的国防公路上坦克车、装备车、运输车和步兵队伍拥挤在一起，被堵在十字路口，黑压压一片……

"部队的指挥官为什么不站出来？"首都北京，电视屏幕前的老将军们动怒了，可马上便意识到：一样的服装和徽章，部队之间又没有隶属关系，谁来指挥？

现实唤起了老帅和将军们的忧思：还是要实行军衔制！

当年的 9 月，总政治部在全军干部工作会上提交《恢复军衔制度的初步方案》。经过会议讨论，军队拟改革和完善 6 项制度，其中第五项就是军衔制度。

这次会议结束后，总政治部于同年 11 月向中央军委呈报《关于加强干部队伍建设若干问题的请示报告》，正式以文字形式提出"恢复军衔制"的建议。

在新中国成立初期，新中国实行了军衔制度，举行了大规模的授衔仪式。但不久，由于时代的局限，当时不少人对军衔制度存在着偏见，认为军衔制是教条主义或是资产阶级的东西，不符合我军的实际。

另外，加上军衔制度本身的不完善，从 20 世纪 50 年代后期开始，取消军衔制度的呼声渐高。

1964 年夏，为了保持我军艰苦朴素的光荣传统，增强军队和地方的团结，军委考虑减低军队干部的薪金，同时也考虑把军衔一起取消算了。

1964 年 11 月，中央军委办公厅发出《征求〈关于取消军衔制度的意见〉的通知》说：

> 军委办公会议已讨论同意军衔薪金改革小组提出的《关于取消军衔制度的意见》。
>
> 《意见》认为军衔制度存在许多不利因素，建议取消。其理由是：
>
> 我军的军衔制度，是照搬苏联和其他国家的。过去没有这种制度，也一样打胜仗。实践证明，这种制度不符合我军的优良传统，它是一种资产阶级法权，等级表面化，助长了个人名位思想和等级观念。不利于我军的革命化建设，不利于同志之间、上下级之间和军民之间的团结。同时增加了各级党委和政治机关不少繁琐事务。

1965 年 5 月 1 日，第三届全国人大常委会第九次会议通过了《关于取消中国人民解放军军衔制度的决定》。

实行新军衔制

此后，我军进入了长达 20 余年的"无衔期"。

取消军衔制度后，由于军队等级制度不健全，没有外在的等级区别标志，在军官的成长、军队的指挥，以及与外军交往等方面的问题，渐渐显现出来。

党的十一届三中全会以后，随着建设现代化、正规化革命军队目标和任务的提出，重新实行军衔制度的问题被提上了日程。

根据邓小平同志的指示，1982 年初，中央军委常务会议正式作出"恢复军衔制"的决定。

为恢复军衔制做准备

恢复军衔制的问题虽然被提上了工作日程，但由于当时军队建设积累的问题很多，要马上实行军衔制还有不少困难。如军队整体规模过大，编制体制不顺，官兵比例不合理，各级领导班子臃肿、年龄老化等。

这些问题不解决，实行军衔制有较大难度。因此，中央军委决定：

> 军衔制只有在精简整编完成后才能实行……争取 1984 年做好，1985 年实行。

1982 年下半年，中央军委根据精兵、合成、平战结合、提高效率的原则，进行军队体制改革和精简整编。

1983 年春，中央军委对军、师级领导班子进行了大幅度调整，军、师级领导干部平均年龄有所降低，知识化、专业化水平也有一定提高。

这两项工作，客观上为恢复军衔制做了必要的准备。

1983 年 5 月，中央军委成立了"全军恢复军衔制领导小组"，负责实行军衔制的准备工作，由中央军委和总政治部直接领导。总政治部主任余秋里、总参谋长杨得志、军事学院院长萧克、总后勤部政委王平、总政治部

实行新军衔制

副主任朱云谦为召集人。

领导小组共有 10 多位成员，都是军委各总部、军兵种和有关部门的领导。从此，恢复军衔制就作为总参谋部、总政治部的一项重要工作。

1984 年底，恢复军衔制的各项准备工作已按计划初步完成。

中央军委曾考虑 1985 年恢复军衔制，但恰在此时，军委召开了扩大会议，根据国际形势的发展变化，作出了军队建设指导思想实行战略性转变的重大决策，确定精简军队员额 100 万。

为了完成这一艰巨任务，各项工作都必须进行调整，因此，恢复军衔制的准备工作将在调整中进行。

设置我军军官军衔等级

　　1986 年下半年，军委常务会议在一些重大原则问题上进一步统一了认识，即不再提"恢复"军衔制，而是"实行新的军衔制"。

　　之所以叫"实行新的军衔制"，主要是因为我军已走上和平时期建设的轨道。军官军衔等级的设置和军官职务等级编制军衔等，与 1955 年至 1965 年实行的军衔制有很大的不同，是借鉴前者，而不是照搬照套。

　　我军 1955 年军衔制属于以苏联为代表的"东方型"军衔，而新军衔制既不属于"东方型"军衔，也不同于以美、英为代表的"西方型"军衔，是一种独特的军衔类型。

　　军官军衔等级的设置，是军衔制度的核心。

　　与一些主要国家的军衔制度相比，我军新军衔制军官衔级设置比较特殊：比"东方型"军衔少了元帅、大将、大尉；比"西方型"军衔少了五星上将、准将；而且，比这两类主要军衔多了一级大校。

　　我军新的军衔制确定的军官军衔等级与世界各主要国家的军衔制都不相同，它深刻地反映了我国的国情、军情，充分体现了和平时期军队建设的特点。

　　同 1955 年军衔制相比，新军衔制的另一个显著特点

实行新军衔制

是将官以上等级设得比较低，取消了大将、元帅、大元帅 3 个高衔。

我军 1955 年的军衔等级设置规格比较高，是由当时的历史条件所决定的。1988 年我军重新实行军衔制，已不是对 1955 年军衔制的简单恢复。这是因为与上一次军衔制相比，情况已经发生了很大变化。

首先，我军绝大多数现役军官没有经受过战争锻炼，军以下军官基本都是在和平条件下成长起来的，今后高级将领也不会有开国元勋们那样的特殊经历。

其次，和平年代军队员额压缩，编制等级减少。新军衔制实行时，已取消了兵团职、副排职和军、师、团的"准级"，军官职务等级已由 1955 年的 21 级减为 15 级，因而军衔等级应当简化，规格不宜太高。

参照多数国家的军衔设置，决定不设大元帅、元帅、大将等高衔，最高军衔为上将。同时，考虑在特殊时期军委主要领导需要授衔时，应与军委和总部其他领导的军衔有所区别，因此，在上将之上又设了一级最高军衔，即一级上将。1994 年取消一级上将衔后，最高军衔以上将"封顶"。

当年确定新的军衔等级设置时，邓小平同志曾指出：

> 和平时期，军衔设到上将为止。军职以上，一职三衔。

这两个原则，是根据当时我军实际情况定的。邓小平曾解释：

> 军职以上实行一职三衔，道理很简单，年轻干部需要培养，他们的军衔可以低一些，职务可以高一点。

1987年12月30日，中央军委常务会决定，1988年国庆节前实行新的军衔制。

从1988年4月13日起，新的军衔制提请全国人大常委会立法和颁行。

1988年7月1日，第七届全国人大常委会第二次会议通过了《中国人民解放军军官军衔条例》，当天以国家主席令予以公布施行。

《军衔条例》的颁布，是我军新军衔制正式立法的重要标志。

7月2日，中央军委颁发评定授予现役军官军衔工作的指示，规定全军应在当年8月底以前，"完成实行军衔制度的动员教育、军衔鉴定和军衔评定工作"。

据此，全军军衔评定工作正式展开。至当年8月底，评衔工作基本完成。

实行新军衔制

隆重举行军官授勋仪式

1988 年 7 月 20 日，中央军委在人民大会堂举行军队离休干部授勋仪式。

邓小平签署中央军委命令，授予萧劲光等 830 名同志"一级红星功勋荣誉章"；授予汪荣华等 3700 名同志"二级红星功勋荣誉章"；授予贺进恒等 47914 名同志"独立功勋荣誉章"；授予邓兆祥等 3.1 万名同志"胜利功勋荣誉章"。

一级和二级红星勋章的直径都是 40 毫米，厚度为 2 毫米。一级红星勋章约重 30.2 克，其中含 7K 金 8.6 克，含银 21.6 克；二级红星勋章约重 29.5 克，其中含 6K 金 7.2 克，含银 22.3 克。

一级红星勋章授予 1937 年 7 月 6 日以前入伍或参加革命工作，并在 1965 年 5 月 21 日以前曾被授予少将以上军衔或者曾任省、部级以上领导职务的军队离休干部。

二级红星勋章授予下列人员：1937 年 7 月 6 日以前入伍或者参加革命工作，并在 1965 年 5 月 21 日以前曾被授予大校以下军衔或者未被授予军衔的军队离休干部；1937 年 7 月 6 日以前入伍或者参加革命工作，并在 1965 年 5 月 21 日前曾被授予少将军衔或者曾任省、部级以上领导职务，但是 1965 年 5 月 22 日以后受降职、降级或者撤职处分的军队离休干部。

独立功勋荣誉章为金银合金制作，直径为 40 毫米，厚度为 2 毫米，重约 29 克，其中含 5K 金 5.9 克，含银 23.1 克。

独立功勋荣誉章授予 1937 年 7 月 7 日至 1945 年 9 月 2 日期间入伍或者参加革命工作的军队离休干部。

胜利功勋荣誉章制作材料为金银合金，直径 40 毫米，厚度 2 毫米，重约 28.3 克，为 4K 金，所含黄金重量 4.6 克，白银重量 23.7 克，价值 424 元；采用天安门和旗海图案，象征新中国的诞生和人民的胜利。5 只羽翼相连、口衔麦穗的和平鸽环抱天安门和旗海，表达共和国成立时人民欢庆胜利和向往和平安定生活的心情。

胜利功勋荣誉章授予 1945 年 9 月 3 日至 1949 年 9 月 30 日期间入伍或者参加革命工作的军队离休干部和在中央及省、自治区、直辖市党的顾问委员会，县级以上各级人民代表大会常务委员会、政治协商会议等担任职务而不在军队继续担任职务的军队干部。

这些接受勋章的老同志，曾经南征北战，出生入死，为共和国创下了丰功伟业。人民军队的光荣和他们的名字紧紧联系在一起。没有他们就没有人民军队，就没有新中国，就没有人民大众的安居乐业。共和国应该给他们以崇高荣誉。

当一枚枚闪光的勋章佩戴在这些老同志胸前时，全场掌声雷动。

实行新军衔制

此后，受邓小平主席委托，中央军委副秘书长洪学智和刘华清一起，去聂荣臻、徐向前、萧劲光和王震的住处，代表中央军委，向他们授勋。

聂荣臻已经 80 多岁，身体不好，但头脑清醒，他激动地把勋章捧在胸前，久久向人们示意。

徐向前很兴奋，马上就佩戴上勋章，要和人们一起照相。

1988 年 9 月 14 日，中央军委在中南海怀仁堂隆重举行授予上将军官军衔仪式。

党和国家的 20 余位领导人在主席台落座后，授衔仪式开始。授衔仪式由国家主席、中央军委副主席杨尚昆主持。他宣读了中央军委主席邓小平签署的授予上将军官军衔的命令。

有 17 位高级军官被授予上将军衔。他们是：

中央军委副秘书长洪学智、刘华清。

中央军委委员、国防部部长秦基伟，中央军委委员、总参谋长迟浩田，中央军委委员、总政治部主任杨白冰，中央军委委员、总后勤部部长赵南起。

副总参谋长徐信，总政治部副主任、中央军委纪律检查委员会第一书记郭林祥，中央军委纪委第二书记尤太忠，军事科学院政治委员王诚汉，国防大学校长张震、政治委员李德生。

北京军区政治委员刘振华，南京军区司令员向守志，成都军区政治委员万海峰，海军政治委员李耀文，空军司令员王海。

宣布命令后，17位上将到休息室，换上了新式军服，佩戴上将军衔肩章。

当他们在《人民军队忠于党》的乐曲声中列队走上主席台，向党和国家领导人和台下的1300多名师以上军官敬礼时，全场起立，长时间热烈鼓掌。

接着颁发了命令状，上将们容光焕发地从杨尚昆手中郑重地接过邓小平主席签发的命令状，并向杨尚昆致以军礼。

杨尚昆微笑着对每个人说："祝贺你！"

接着，大会宣读了中共中央、人大常委会、国务院、中央军委的贺词，向17位同志表示热烈的祝贺。

贺词说：

这次被授予上将军衔的17位同志，都是担任我军高级领导职务的军官。

这些同志被授予上将军衔，是党和人民对他们的贡献和才能的肯定，也体现了国家对军队的关怀，同时也表明了这些同志肩负责任的重大。这是被授衔同志们的光荣，也是全军的光荣。

实行新军衔制

授衔仪式结束后，10 时 40 分，中央军委主席邓小平来到怀仁堂，和李先念等党和国家领导人一起，会见了 17 位同志，并一起合影留念。

在战争时期，这些上将中有的曾经在邓小平同志指挥下战斗。今天看到老首长，他们的心情格外的激动。

邓小平身穿深灰色中山装，神采奕奕，面带微笑，与人们一一握手，连声说："祝贺你们！祝贺你们！"

9 月 16 日至 23 日，中央军委委员洪学智、刘华清、秦基伟、迟浩田、杨白冰、赵南起，分别出席了全军各大单位的授衔仪式，他们代表中央军委主席，授予中将、少将和部分校官、尉官军衔。

确立军队文职干部制度

1988 年 4 月 27 日，中央军委颁发《中国人民解放军文职干部暂行条例》，建立了文职干部制度。

同年 7 月 31 日，中央军委在京召开文职干部大会。我军历史上第一次出现了一支十多万人的文职干部队伍。

按照规定，文职干部不授军衔，不着统一的制式军装，只佩戴统一的胸章符号，胸章背面有"中国人民解放军文职干部胸章符号"字样。胸章由人民解放军总后勤部设计并统一制发。

党的十一届三中全会开启了改革开放历史新时期，军队建设也随之进入新的发展阶段。邓小平在《精简军队，提高战斗力》这篇历史性的重要讲话中指出：

军队有些方面的工作人员可以改成文职人员、雇佣人员，不穿军服。

在我军历史上，邓小平第一次正式提出了使用文职人员的构想。

军队文职人员，世界上通常是指在军队中服务的非现役军人。在军队诸制度中，文职人员制度比较年轻，是在近百余年间才出现的一项组织制度。它的产生与实行严格的服退役和军衔定期晋升制，以及技术装备的发展密切相关。

中国人民解放军在长期的革命战争年代曾形成一套特有的干部政策和制度。

新中国成立后，我军的干部工作随着形势和任务的变化，相应地作了某些改革，先后实行了军官军衔制度，院校培养制度。后来这些制度一度中断。

进入新的历史时期，随着军队现代化、正规化建设的不断发展，中央军委决定，实行文职干部制度，改变过去单一的干部编制结构和单一的管理办法，把部分专业技术干部和为机关、院校服务的行政事务、生活保障干部，同担负指挥职能的现役军官区分开来，实行现役军官与文职干部相结合的制度，变单一模式管理干部方法为多渠道、多层次的管理方法。

1992 年 4 月 1 日，中央军委决定从 1992 年 5 月 1 日起，为全军文职干部配发与现役军官相同的制式服装，佩戴文职干部肩章、领花。

三、 换装新式军服

● 美方的接待人员就愣住了：中国军人的胸前
和肩膀上空空如也，唯一能显示军人特征的
是军帽上的五角星和衣领上的红领章。

● 当受阅官兵身穿新式军服出现在天安门广场
上的时候，来宾和群众眼前一亮。"好威风！"
"真精神！"赞叹声不绝于耳。

● 一个军事代表在检查纽扣质量时，发现一个
纽扣的边缘上有一块几乎察觉不到的锈迹，
这立刻引起了他的警觉。

总后决定换装新式军服

1981 年，解放军总后勤部组织力量，开始着手进行新式军服的研究设计工作。

我军一个军事代表团到美国访问。一下飞机，美方的接待人员就愣住了：中国军人的胸前和肩膀上空空如也，唯一能显示军人特征的是军帽上的五角星和衣领上的红领章。

这是个什么级别的军官呢？

美方接待人员不好问，但是如果不能确定中国军官的级别，就无法确定接待的规格。

最后，美方接待人员急中生智，按照双方之前接洽时告知的我军军官职位，再按照美军相应军官的军衔，定了一个四星将官。

这一切都落在了我国军事代表团团员的眼里。望着美军肩膀上的肩章，胸前的勋表、名牌，明眼的人一眼就能看出对方的军龄、军衔和资历。

而我军军装虽然朴素，但与国际化的军装相比，实在相差太远。这让从来不在士气上低头的中国军人心里再次憋足了赶超的劲头。

曾几何时，我军的军装因为处于战争年代，无法实现样式和制式的统一，颜色不一，规格不一，连鞋子都是各色各异。

人民军队在成立之初，并没有自己的军服。1927 年 8 月 1 日，南昌起义的枪声宣告了中国共产党领导的新型人民军队的诞生。

起义部队大多数穿的是国民革命军的服装。为和旧军队区别开来，起义部队官兵每人系一条红领巾。

在同年的秋收起义中，起义队伍大部分由农民自卫军、工农义勇队组成，穿着各式服装，但都佩戴着红布袖章。

1928 年时，红军成立了桃寮被服厂，红军从此有了自己的制式服装。

当年红军制作军服的材料来源有两个：一是从城里买；二是把打土豪没收的衣服和布料加以改装。

红四军在 1929 年 3 月攻下了闽西重镇长汀城后，仿照苏联红军的军装和列宁戴过的八角帽式样，赶制了 4 万套军装，在军衣的领子上缝上两块红布领章，八角帽前缝上五角星。

毛泽东说，红军军服领口上的两个红领章代表两面红旗；陈毅说，灰蓝色代表天空、海洋、青黛的群山和辽阔的大地。

以后，各根据地红军的服装据此逐渐统一，颜色多为灰蓝色。

红军长征会师的时候，红一方面军和红四方面军的指战员们热烈拥抱，欢呼雀跃，场面感人至深。

换装新式军服

但是，如果从局外人的角度看，这两支打着相同旗帜的军队怎么看都像是友军，红一方面军的军装是灰蓝色，而红四方面军的军装是深蓝色。

抗战爆发后，红军改编为八路军、新四军，服装、标志基本与国民党军队相同。上衣立翻领、对襟单排5粒扣、4个明贴袋，是抗战期间中国军队的标志性服装。

八路军、新四军都佩戴"青天白日"帽徽。八路军穿着土黄色军服，新四军穿着灰色军服。

八路军佩戴"八路"二字的长方形臂章，新四军佩戴"新四军"臂章。

解放战争时期，当来自四面八方的野战军在同一个战场上取得胜利后，彼此怎么看都别扭，你的军装是土黄色，我的军装是黄绿色，有的还是深灰色。

1948年12月，军委后勤部召开全军后勤会议，将军服颜色确定为黄绿，材料为棉平布；标志符号由臂章改为胸前佩戴"中国人民解放军"黑字白底红边的布胸章；帽子改为圆形短檐帽，即"解放帽"，佩戴"八一"红五星金属帽徽。

这是军队历史上的第一次统一服装样式和色彩，1949年10月参加开国典礼阅兵式的部队，穿的就是这种军服。

1950年1月4日，中央军委批准实行新的军服样式，简称50式军服。这是新中国成立后我军第一次正式地统一装备、统一制式、统一标准的军服。

从 1950 年 5 月 1 日开始，全军正式着装 50 式军服。其中，女军人的夏服和冬服可圈可点。

　　连衣裙，立翻领，套头式，长袖，中腰有布制腰带，裙子下摆长及膝盖以下；列宁服，小翻领，双排 10 粒扣，紧袖口，西式裤。在很长一段时间里，这成为了我国女性最流行的服装样式。

　　1953 年，鉴于军内外、社会各界就 50 式军服提出的各种意见，以及人民解放军即将实行军衔制的形势所趋，当年年初，中央军委作出了设计换用新式军服的决策，由总后勤部具体实施。中央军委副主席贺龙分管新军服工作，总后勤部副部长洪学智、副总参谋长张爱萍负责具体落实。

　　新式军服从设计开始，就着重强调了服装正规化等要求，主要以当时的苏联军服为模本，参考中国各时期军服和世界各主要国家军服，同时要求体现一定程度的民族特色，无论是服装种类的丰富程度，还是美观程度，都今非昔比。

　　新式军官服包括礼服、常服两类，其中礼服按照军官的军衔不同有所区别。

　　根据当年实施的军衔制度，人民解放军海军的军官军衔分为将官，即大将、上将、中将、少将；校官，即大校、上校、中校、少校；尉官，即大尉、上尉、中尉、少尉，另有准尉的设置。军官的礼服也随之分为将官、校官、尉官三类。

换装新式军服

1955 年 10 月 1 日，是新生的人民共和国建国庆典的日子，也是人民共和国海军军服史上具有重要意义的一天。

经国务院第十八次会议批准，人民解放军继 50 式以后的一套全新的军服在这一年的国庆日正式推行。根据颁行的时间，这套军服被简称为 55 式军服。

这天举行了国庆阅兵，当受阅官兵身穿新式军服出现在天安门广场上的时候，来宾和群众眼前一亮。

好威风！

真精神！

赞叹声不绝于耳。特别是那些将官和校官们，更成为了人们的焦点。

新式军服刚装备部队时，一向朴素的军官们几乎都不敢穿礼服出门，只要一走出军营，肯定会被群众围观。

有个将军穿礼服乘车出席会议，在路边临时停了一会儿车，就被眼神好的群众发现了。群众大喊一声"里面坐了个将军"，立刻引来好多群众围观，连车都开不动了。

在当年举行的军官授衔仪式上，朱德等开国元帅穿上孔雀蓝的元帅服，戴上金灿灿的元帅肩章，从毛泽东手中接过了任命状。全场掌声如潮，欢声雷动，为共和国第一次实现军衔制而欢欣鼓舞……

但是，我国实行的第一次军衔制是在特定的历史条件下制定的，其中有苏军军衔制的痕迹，也有历史的痕迹。这些痕迹使第一个军衔制出现了一些问题，其中最为突出的是军官晋级比较慢。

1965 年 5 月 22 日，第八届全国人民代表大会常务委员会第九次会议作出决定，取消人民解放军的军衔制度，自 55 式军服开始逐渐成熟、完善的各种军衔徽记设计退出历史舞台。

与之相配套，5 月 24 日，国务院即公布了一套全新的军服制度，并通知于当年的 6 月 1 日正式施行。按照人民解放军军服的命名传统，这套诞生于 1965 年的军服，称为 65 式军服。

65 式军服较 55 式军服的变化可谓面目全新，它完全清除了苏式海军服装传统的影响，干部、战士服都改成了人民军队传统的中山装、解放帽样式。

65 式军服不再有礼服、常服等服装种类，只有单一的一种制服，显出了极为朴素的风格。

军帽统一是解放帽，帽徽改用三军统一的红五星徽，材料为铝制烤漆，这种帽徽诞生于江西苏区工农红军时代。

军服采用工农红军时就曾使用过的中山装式样，棉布面料，前襟钉 5 颗棕褐色胶木纽扣，服装上不再有任何军衔符号、徽记，只是在衣领上装饰了红色领章，与帽徽一样，都是仿工农红军时代的军服。

换装新式军服

有所区别的是，在领章的反面还印有供填写部队番号、姓名、血型的表格，用意与西方军队的名牌相同。

帽徽上的红五星和领口的红领章，时称"一颗红星头上戴，革命红旗挂两边"。

尽管着重体现革命军队官兵一致的政治诉求，但是考虑到具体识别时的需要，干部、战士制服在细微处仍然保留了一些区别。

主要是干部制服的上衣有 4 个口袋，战士制服则只有胸前的 2 个口袋，另外干部配发皮鞋，战士大部分只有俗称为"解放鞋"的作训胶鞋以及黑布鞋。

后来，65 式军服改良为 74 式，其中海军的变化最为显著，军服恢复了苏式军服的样子。

74 式海军战士制服的军帽改回了 55 式的苏式水兵帽，春、秋、冬季帽顶藏青色，缀白色牙线，夏季戴白色帽罩，均佩 65 式的红五星帽徽。

帽墙钉一圈黑色飘带，飘带上的文字仍然是简化字"中国人民解放军海军"，但是改成成本较低的金粉印刷，不再使用刺绣。

战士制服的上衣再次采用苏式的套头衫，样式与 55 式基本相同，也是 V 字领，带披肩，只是在原先肩章的位置上，改佩戴两块全红色的肩章，用意与 65 式军服的红领章相同。

74 式战士制服春、秋、冬季上下均为藏青色，夏季则是上白下蓝的半白式。

出访美国的我国军事代表团穿的，就是这种既没有军衔也没有军兵种符号的军服。

随着中国的国民经济和社会生活各个方面重新步入正轨，人民解放军的正规化建设也提到议事日程里。

恢复军衔制，成为军队正规化建设的一项重要任务，也成为做好着装方面的过渡准备。

从 1981 年开始，由总后勤部根据恢复军衔制的要求具体开始了新一代军服的设计工作，我军的军服又将走向一个新的里程。

换装新式军服

新式军服开始列装部队

1984 年 1 月,新军服方案得到中央军委批准,于 1985 年正式下发部队,按照人民解放军军服的命名惯例,称为 85 式军服。

此时,我军正面临从战略指导思想到编制体制的重大调整,各个方面都显示出过渡的痕迹,新的 85 式军服也不例外。

85 式军服属于过渡时期的产物,旨在更改 65 式、74 式军服长期以来形成的着装习惯。军服的样式实际并未有太大创新,主要参考了 55 式军服的设计方案。

由于当时人民解放军的军衔制度尚未制定完善,此套军服上只是预留了一些用以安装军衔配饰的位置,而并未实际采用军衔徽记。同时,由于经济条件所限,85 式军服在种类上和 65 式、74 式相近,较为单一。

以海军军服为例,85 式海军军服分为军官、士兵和岸勤服,每种都仅有常服,其外观式样和 55 式军服基本相同,主要的变化是军服上的各类徽记、符号。

85 式军官服的设计里,65 式、74 式军服使用的红色五角星帽徽被取消,代之以 55 式的圆形海军帽徽,但是佩戴的位置和 55 式军官帽上有所区别,从原来的佩戴于帽墙改作了帽瓦上,由此 85 式海军军官大檐帽的帽型和

55 式产生了较大的差异,帽子前部隆起非常突出,帽瓦正面的面积随之加大。

海军军官服的上衣设计中,65 式、74 式军服时期与红色五角星配套,装饰在领口的红色领章也完全更改,变成了类似 55 式海军少将领章式样的独特"领章"。另外两肩上增加了类似肩章的设计,平面形状为剑形,深蓝色,缀有五角星、铁锚徽记。

但和这套军服方案里的"领章"一样,85 式军服方案中的"肩章"并不具备真正意义上的军衔识别功用,只能大概标识军官身份而已,属于为了恢复军衔制所做的预留设计。一旦未来军衔制度得以确立,只需要更换军人着装上的小配饰,而无须再重新制作军服,如此可以大幅节省换装的成本。

考虑到实际穿着的需求,85 式海军军官服设计中增加了短袖衬衣,便于炎热季节穿着,样式为小西装领开口,佩戴的领章、肩章和常服上的一致。

85 式水兵服的设计方案和军官服类似,整体上还是沿用 55 式水兵服的外观,只是帽徽等配饰作了更改。帽徽改作了和军官帽徽一样的 55 式圆形帽徽,佩戴的位置也更改到了水兵帽的帽瓦上。水兵服的"肩章"改成类似 55 式海军列兵肩章的式样,也属于为了将来恢复军衔制时更改配饰所做的预备设计。

85 式海军军服系列中,岸勤士兵服较前代的变化最大,样式上和 55 式军官服基本相同,为了区分身份,岸

换装新式军服

勤士兵服上没有肩章和用于佩戴肩章的肩襻，而"领章"的图案则和军官服"肩章"上的图案基本相同。

85式海军军服尽管与西方海军军服，乃至此前中国历代海军军服相比，在传统规范运用和标准的遵守，以及勋衔标志的设计运用、军服裁剪质料的质量上，都存在着很大的差距和不协调，然而终于更改了65式、74式海军军服设计，向俄式正规化的55式军服回归，给人民解放军海军军服领域带来了一丝新鲜的空气。

自85式军服正式列装开始，部队内对于此套新军服的各种反馈意见不断产生，加之人民解放军军衔制度的制定也在紧锣密鼓地进行，不久之后这套军服就退出历史舞台，代之以一套在人民解放军军服史上地位极为重要的新军服，即依据军衔制度设计，而且长期列装使用的87式军服。

军装上再次出现军衔

1984 年 1 月 10 日，中央军委在批准 85 式服装定型生产的同时，指示说：

> 军官制式服装，今后是否分为礼服、常服和工作服，请总后研究提出方案。

为执行这个指示，总后勤部于 1984 年 4 月向全军发出《关于进行服装总体论证的通知》，成立了服装总体论证小组。

论证小组拿出了论证方案，对现行军服样式、用料、性能、配套，以及穿着情况进行大范围的群体调查。

经过调查，发现了许多军装在穿着中存在的问题。

当时，我军已经装备了"的确良"面料的军装。更耐磨的"的确良"在广泛使用后，中国的军服从此不用打补丁了。

但是到了 20 世纪 80 年代，"的确良"很快显得落伍，原本神气的军服早已赶不上城市里的时髦小青年的服装，连铁道、民航、邮电、公检法等都配发了混纺毛料制式服装。样式也显得土气，"肥裤腿、大裤裆、夏服领子闭得严"。部队发到个人的被装，已经不及城镇居民

换装新式军服

普通衣着消费水平。

在寒区一个战士的冬服配套包括棉花或老羊皮做防寒层，重达 11.4 公斤。而旧式冬服对棉花的需求量非常大，棉花及老羊皮作为天然纤维供应日趋紧张。

旧式军装容易起褶，这对注重仪表的有外事任务的部队来说是个大问题。

仪仗兵们在去检阅场的车上，为了不让礼服有一丁点儿褶子，通常都是站着到目的地。后来，他们琢磨出一套坐车不让礼服出褶子的动作要领：坐前用手绷紧布料，坐时纹丝不动像雕像，坐后马上捋直、平整。效果虽然不错，可就是这样坐一趟下来，比平时训练还要累好几倍。

根据调查结果，以及对美国、日本、法国、印度等 27 个国家军服样品和资料进行研究后，新的军装方案上报中央军委批准。根据最初的指示，方案设置了礼服、常服、作训服 3 个系列。

1985 年，全军被装总体论证会召开。各军区、各军兵种、国防科工委后勤部的参谋长、军需部长、被装处长等参加了为期 7 天的会议。

此时，军衔制的恢复已经显得迫切，专家们一致认为我军 20 世纪 50 年代的肩章大方，衔阶区分明显。

1986 年 6 月，军委副主席杨尚昆看了请示后作了两条指示，"实施军衔制和参考外军服装"成为最重点探讨的问题。

直到 1987 年，研制论证长达 4 年之久的军服改革方案才原则批准定型生产，这批服装以批准的年度定名为 87 式服装。

在被装改革方案进行可行性分析的时候，按照当时设定的第一方案，每个军官和士兵的费用分别比 1985 年增长 43 元和 29 元。但是由于军队员额减少，经费并没有突破以往服装费数额。

1987 年 8 月 26 日，名为 87 式军服的新军服被中央军委批准定型，下发生产。

1988 年国庆节，人民解放军自 1955 年后再次实行军衔制，全军也于同日开始换装 87 式军服。

于是，刚刚诞生不久，已生产近 400 万件的 85 式军服悄然退场。

87 式军服对服装的品种分类、款式样式、型号种类、面料质量、军种符号、军衔标志等进行了全面改革和调整，一改过去干部职务难辨，士官、士兵难认的情况。

从美学的角度来看，穿着合身适体，体现出军人的阳刚之美。干部的夏常服配备了领带，加上金黄色的军衔和红色的五星领花点缀，显得分外精神。

训练有作训服，劳动有劳动服，平常有常服，礼仪场合有礼服。冬夏也各有常服，光作训服还可分作训迷彩服和作训工作服。

公共场合，军兵种一望便晓，干部军衔高低一目了然，士官级别、战士服役年数一看便知。

部队穿着合身的军装，扎着领带，戴着大檐帽，显得格外精神和威武。军装的含毛量也大大提高，穿着挺直，挡风御寒，实用耐看。

穿上新军装，挂上新军衔，指战员们精神焕发，士气大振。

一次，某部队组织"畅谈祖国巨变，增强改革信心"演讲会上，一名干部慷慨激昂地说：

> 我们肩膀上的星越多，对祖国改革开放的历史进程，就亲历得越多，经历得越多，对祖国的发展变化看得就越透彻，越清楚，对改革开放的信心就更加坚定，对坚持走社会主义道路的决心就更加坚决，就更信赖共产党的领导。

再次进行新军服改革论证

2005 年 3 月，总后军需物资油料部门成立了军服改革总体论证组，新军服的研制从起点上就走出了新的路径。

有关部门打破以往"闭门造车"的习惯，先后征集了 7 家服装设计公司、院校和企业的设计草案，设计了 11 轮改革方案和实物样品，进行了 20 多次集中会审。

此后，又 5 次邀请军内外知名美学、服装专家分析点评，9 次分别征求了军委、总部、军兵种领导和机关有关部门的意见，经过反复修改完善，形成了军服调整改革方案。

来自总后军需装备研究所服装、服饰等各个学科的 30 多名工程技术人员组成攻关团体，按照机关与科研单位结合、军队科研单位与地方科研力量相结合的方式进行联合攻关，并首次邀请了地方美术、服装专家参与设计，对方案进行点评。

在历时一年半的设计过程中，总体方案更替 11 次，淘汰样品达上万套。

在做好对中国服装材料和服装工业情况进行调查研究的同时，2005 年 2 月，总部有关部门向国内知名的服装设计公司、服装生产企业和服装院校征集军服设计方

案，共收到 7 家国内著名大学和企业提供的设计方案，吸取了精华，拓宽了思路。

2005 年 5 月下旬，总后军需物资油料部门又组织机关和科研人员，对驻港澳部队 97 式军服试穿 8 年来的情况进行调研和座谈，组织 500 余人次进行了问卷调查，收集官兵对 97 式服装的看法、意见和建议，为论证工作提供了有益借鉴。

与此同时，科研单位还利用各种渠道，对外军军服特点和发展趋势进行跟踪研究，共收集外军军服原版资料 30 份，外军实物样品 300 件，认真分析和研究了发达国家军服的设计理念，借鉴了有益的先进经验。

军服改革的总体论证工作，自始至终受到军委、总部领导的高度重视和直接指导。

2005 年 4 月，中央军委委员、总后勤部部长廖锡龙批准了总后军需物资油料部门成立军服改革总体论证组，以机关职能部门和军需装备研究机构为主进行论证。

2006 年 3 月，军委和总部首长又专门听取了军服改革总体论证的初步方案汇报。

在军委领导同志的直接关怀下，有关部门和研究机构通过反复调研、座谈、论证，认真总结经验教训，吸纳了专家意见和部队官兵的建议。

他们本着以人为本、追求精品的原则，调整研究思路和研究方向，重点对礼、常服各品种进行研究设计。

研究人员在细节上认真推敲，反复修改，精雕细琢，不断完善，先后拟制了 11 轮设计方案和实物样品，制作服装、鞋、帽样品数千余套，制作服饰样品万余套件，形成了研究设计方案。

同时，充分发挥检测中心的作用，对新式服装使用的新材料、新工艺进行试验和理化指标检测，力求精益求精，确保科技水平。

军服改革总体论证方案形成后，从 2006 年 4 月起，军委领导同志先后听取了军服改革总体论证方案汇报，并集体审查了实物样品。

随后，中央军委主席胡锦涛和中央政治局常委会议分别审查和审议通过了军服调整改革方案，作出了 2007 年 8 月 1 日全军换发 07 式军服的重大决策。

至此，经过一年多不懈努力，军服调整改革论证工作圆满结束。

总后科研人员谈新军服

军服调整改革论证工作结束后，一个全新的军服方案出现在人们的面前，这个方案体现出了既有我军传统特色又有国际元素的特色。

解放军总后勤部军需装备研究所所长杨廷欣在谈到新式军装时说：

我军的军服要有人民军队的鲜明特色。在继承我军军服历史传统的基础上，07 式军服在颜色、服饰等方面更突出地体现了人民军队的特点。

在这些特色中，变化最大、最有特点的是颜色的变化。确定陆军军服的颜色，是这次服装改革调整中难度最大的问题之一。从 85 式军服开始，陆军军服一直采用棕绿色。

棕绿色是暖色，很难搭配服饰，同时与海军的白色、藏青色和空军的蔚蓝色不协调。

杨廷欣说：

设计师们从几百种绿色里挑选出了 50 多种

绿色进行对比论证，最终确定为松枝绿色。这种颜色属于冷色调的松枝绿色，既保持了我军传统的绿色，又加入了红军、八路军军服的颜色。这种绿色非常独特，也更加适合中国人的肤色。

领花、胸标、臂章等服饰的主色调，从过去的银色改成了金黄色。金黄色在中国传统文化中是高贵的颜色，更有威严感，同时与冷色调军服更加搭配。

作为中国军队重要的传统标志，国旗、军旗、军徽、长城、天安门、齿轮、麦穗等设计元素，充分运用到了07式军服的标志服饰中。

每种标志都具有传统寓意。长城和盾牌代表着人民军队是维护国家主权和安全的钢铁长城，松枝叶图案则是军人斗风雪战严寒的意志象征。

新军服的另一个显著变化是样式的调整，目的是让这些具有标志性质的视觉效果更为突出。

新军服的大檐帽帽顶增加翘度，加上桃形的帽徽，表达出一种向上的力量。陆军大檐帽则去掉了沿用20年的红色帽墙，使得军帽正中央的"八一"军徽显得格外闪亮。

既要有军人特点又要同社会相协调，提高识别功能，增加人性化设计，以及更加素雅、隐蔽的表达方式，是近年来世界各国军服的发展趋势。

换装新式军服

首次出现在军官胸前的级别资历章，堪称07式军服的一大亮点。色条和五星的模块组合，共同体现出军官的服役年龄和级别。这种在军服上表达军人基本信息的方式是国际通行做法。

07式军服增加了级别资历章，实现了勋表的部分功能。级别资历章由大小相同的级别略章和军龄略章组成，面料为人造丝带。级别略章的底色，排、连级为草绿色，营级为蓝色，团级为紫色，师级为红色，军级为土黄色，大区级为橘黄色，军委副主席和军委委员为柠檬黄色。

排级到大区级，正职略章缀两枚五星星徽，副职缀一枚五星星徽；军委副主席和军委委员均缀一枚由五星和圆形橄榄枝构成的星徽。军级以上星徽为亮金色，军级以下为银白色。

军龄略章有10年、5年、4年、3年、2年和1年6种，用不同的条杠和颜色区分。简单地说，略章上有几条杠就代表几年军龄。此外还有银灰色的补充略章，用于填补空缺。

佩戴时，略章像滑块一样放进一个不锈钢"滑道"，3个略章为一排，每排"滑道"可以相互衔接。排、连级戴一排，营级为两排，以此类推，军委副主席和军委委员为7排。

07式军服没有延续军种帽徽、领花的设置，这也是区别于以往军服的特点之一。这样做，一是为避免军种帽徽、领花与军种颜色重复表示；二是每一军种只是军队整体的一部分，一致起来更能代表军队特征；三是符合减少供应品种、提高质量的目标。

07 式军服帽徽分为金属帽徽、贝雷帽帽徽、作训服帽徽 3 种；帽徽为桃形，图案为松枝叶、天安门、齿轮、麦穗环绕"八一"军徽。

贝雷帽帽徽军徽背景按陆、海、空分别衬松枝绿、深藏青、深蓝灰底色。作训帽帽徽绣片颜色，陆军为灰绿色、海军为藏青色、空军为蓝灰色，帽徽图案为黄色。

领花分松枝叶和橄榄枝两种。07 式军服军官、士兵肩章军衔表达方式和星徽样式与 87 式军服相同。

以往的军装，女军人和男军人没有太大的区别，都是上下一般粗，新军装进行了改进。

女军人有了专用于搭配裙子的浅口皮鞋，鞋跟比过去高了、细了；按照男女体型比例，女军人的帽徽比男军人小一号；上装彻底改变了多年来男女装一律上下同宽的"H"形造型，男装设计成突出肩宽的"T"形，女装则是收腰身的"X"形；女军人第一次戴上了弧线造型的卷檐帽，告别了多年来男女通用的大檐帽……

军需装备研究所工程师王忠强说：

> 过去我们的军装更多地强调男性化。军人要威武，但女军人威武中有秀美，这是新军装展现的一个亮点。

换装新式军服

作训服用散摆式代替夹克式，女军人的卷檐帽代替大檐帽，海军军服首次使用袖子上的金黄色条纹表达军衔……新军服在充满"中国特色"的同时，细节处多有"国际元素"。

这次换装不仅是外观的变化，更蕴含着穿衣的科学。07式军服采用的耐久性弹性长丝、涤棉交织布等面料和包芯纱等技术，大大增强了服装的抗皱性和舒适性。

这些材料技术在国际军服研制领域处于领先地位。

同我军以往的军服相比，07式军服系列更加完整、配套。以往的军服一个突出的问题是不够配套。例如，过去礼服只限于驻外武官和驻港澳部队，也没有制式内衣、作战靴等装备。

这次换装首次为全军军官配发礼服，为士兵配发作训大衣，并增配了与礼服、常服配套的内穿衬衣。此外，军官还增发了内衣裤、袜子、常服手套等品种。

王忠强说：

新军服全部配发部队后，官兵从上到下、从内到外全都是制式服装，不能再穿着自购服装了。

07式军服系列颜色的整体风格更加和谐、典雅，样式更具时代特色。大檐帽调整了翘度，军官增加了帽檐花。陆、空军和海军白色春秋常服采用了猎装式，使体型更显修长；夏季通用作训服由夹克式改为散摆式，袖口可上卷，更符合作战训练需要。样式上的数十项调整，让新军服更加好看了。

07式军服系列用料质量明显提高。可以说，这次换装是科技含量最高的一次。其标志服饰更多样、搭配更协调。

作为这次换装的一大亮点，新军服的服饰多达18大类389件，突出了识别功能，强化了军服美感，体现了军人荣誉。

另外，07式军服系列号型设置更加科学、适用。新军服重新制定了军帽、礼服、常服、作训服、针织服装和军鞋6个号型系列，实现了军服与国家服装通用标准的统一。

2008年8月1日起，中国人民解放军官兵陆续换穿07式军服，此次换发的军服共有礼服、常服、作训服、标志服饰4大类644个品种。

在这批新式军服中，有不少服装面料使用了我国近几年研制的高新技术，如毛涤哔叽面料中的防静电技术，夏季服装中涤棉包芯纱的防臭、防紫外线技术，可调节温差的变相技术，阻燃、防刺破技术等。

总后勤部军需装备研究所政治部邢干事说：

这次换装，提供制服面料的企业是总后勤部定点生产企业，许多服装采用高科技产品和技术。

现代化军队，不但在武器装备上体现先进，而且在服装和装备上也能折射出一个国家制造业、加工业水平。部队服装在塑形性、悬垂性、保暖性、舒适性、功能性等方面有严格的要求，服装外表上的变化显而易见，但真正的秘密藏在面料里面。排除服装的服用性特点外，赋予服装多种功能性是这次换装的又一亮点。

新军服使用的面料都不是普通面料，而是抗菌、防臭的新型面料。

这种面料作为新军服的衬布，克服了传统的 PA、PE、PES 衬布与 PU 涂层面料黏合会破坏涂层面料的涂层膜，导致服装渗水的问题，具有服装骨架软而挺、耐洗性好、甲醛含量低、不渗水、抗静电等功能。

实际上，我国许多服装企业和大学长期以来担任了为军队和国防研制新型高科技服装的任务。

天津工业大学担任着我国军需生产的关键技术的研究。该大学担任蓄热保温材料研制课题的张兴祥说：

在军工材料研制方面，将变相材料应用到国防军队制备中，我们已经领先美国某公司，价格也比较便宜。

07式军服在设计过程中，除了在颜色和样式上作了重大改进，在功能上也有了比较大的突破。

这次服装调整改革，是解放军历史上最全面的一次。作为作战装备的一部分，新式军装在作战训练功能上也有了不少改进。

对于解放军此次更换新式作战服，解放军总后勤部部长廖锡龙上将表示：

> 为全军官兵配发的作训服系列，更加突出作战训练的实用功能，适合不同部队在各种复杂环境下的作战训练需要。

比如，新型迷彩服防护功能强、伪装性能好；新型作战靴防刺防滑、防水阻燃，这样更有利于提高战场生存防护能力。与以前的作训服装相比，这一次的科技含量是最高的。

我国军队的新式作战服分为城市、丛林、沙漠和海洋四种迷彩图案。

新式作战服在设计中还根据军队的建议进行了许多其他方面的改进。新式作战服具备更加坚实耐用的特点，能够经受住 700 次的洗涤，而中国军队当时配发的老式作战服只能经受住 140 次的洗涤。

廖锡龙的讲话引起了外国同行的重视。美国媒体撰文称，解放军新型作战服减少了 50% 以上的被发现率。

美国环球战略网文章指出：

换装新式军服

中国军队采购的新式作战服采用了新式伪装技术，这种新式伪装技术与美国陆军和海军陆战队在过去 4 年装备的作战服中所采用的伪装技术十分相似。

中国军队的新式作战服采用了一种被称之为"数字化迷彩"的技术。

"数字化迷彩"技术是通过许多微小的彩色小方块或彩色圆点组成"迷彩"图案。这种迷彩伪装技术不同于老式作战服上由不同颜色斑点组成的"迷彩"图案。

"数字化迷彩"的原理在于，作战服上细小的迷彩"像素"更容易使人的大脑误认为是植被和地貌。

"数字化迷彩"还可以躲避夜视侦察器材的侦察。美军当时也正在加大对抗夜视侦察的力度，其中一个举措就是采用"数字化迷彩"技术。

事实证明，采用这种迷彩技术制成的作战服比老式作战服更适合部队进行隐蔽。在测试中，同等条件下，穿着采用这种由新式"数字化迷彩"技术制成的作战服的士兵减少了 50% 以上的被发现率。

这种"数字化迷彩"新技术早在 30 年前就已经被发明出来，但是在近几年中才被重视。美国陆军在 20 世纪 70 年代开始研发"数字化迷彩"技术。

在 2003 年之前，"数字化迷彩"技术从来都没有应用到军装设计上。之前，只有驻欧洲的美国陆军第二装甲骑兵团从 20 世纪 70 年代末至 80 年代早些时候在装甲车的涂装上使用过这种"数字化迷彩"图案。

当时美国陆军中的一些重要官员在 20 世纪 70 年代也并没有意识到"数字化迷彩"的原理，也没有对"数字化迷彩"在野外测试中的成效引起足够的重视。

但是在进入 21 世纪后，"数字化迷彩"技术终于出现了转机。

在 2003 年，美国陆军决定在新式作战服上使用"数字化迷彩"图案。几年之后，中国也开始关注"数字化迷彩"技术这种新的理念，并将"数字化迷彩"技术应用到中国军队的新式作战服的设计中。

换装新式军服

地方企业生产新军装

早在军装设计阶段，中央军委就决定，这次新军装的生产由地方企业承担。改变了以往军品军产的传统，是我军联勤保障，军队保障社会化的一个体现。

为了保质保量地完成军装的生产，军委有关部门在全国招标。

招标程序极为严格。一般的政府招标项目往往是先谈判签约再考察，而这次更为严格，签约之前，军方先考察了生产企业的流水线、现场管理等，通过验收后再开始谈判签约。

在生产过程中，军队的严谨认真的作风，给各生产商留下了深刻的印象。

承担着济南战区军官礼服和衬衣制作任务的某企业负责人王新宏，用"压力大、时间紧、质量严、任务重"四个词概括了自己的感受。

3月份组织原料、4月份陆续投产、5月份大批量生产、6月底全部完工，一环扣一环，一步不敢放松。

新军装的工艺要求非常高。该企业负责07式军服生产的王辉说：

面料、纽扣等材料全部由军方统一提供。

面料名为"贡丝锦",内里采用"半麻衬",并采用仿手工工艺,工艺要求非常高。

企业在生产过程中还遇到了以前从未遇到的问题。由于07式军服的生产采用量身定做、量体套号的办法,浩大的"量体"工作也加大了生产企业的工作量。如此大规模的个性化生产,对该企业来说是前所未有的挑战。

负责量体的刘先生说:

> 集团总共有26位专业量体人员,外加50多位记录人员,深入鲁、豫两省部队各个驻地,连续工作了50天,才完成了济南战区陆海空三军所有军官的量体工作。

07式军服与以往的军服相比,用料考究,颜色更深,趋向冷色调,使用了许多西装的加工工艺,因此加工难度加大,最终成衣效果挺括、威武,比以往的军服质量和效果提升很多。

而07式军服最有特色的是,除了标准型号,对特体军人实行量体裁衣,每个人有自己独特的数据,最后成衣十分合体、舒适,但这也对企业提出了更高的要求。

巨大的车间内,现代化的自动生产机器设备前,数以千计的工人在忙碌着生产新军服。管理人员用统一的"军服生产规范"规范每一个生产环节,一套军服要经过

换装新式军服

几十个甚至上百个工序才能完成。

一些工人介绍：厂里要求我们用生产高档西服的标准生产军服，质量一点也不敢马虎。

通过电脑画版，军服的各个部分通过电脑组合画出图纸，然后电脑自动剪裁原料。裁好的布料经过预处理，进入一道道缝制工序，不同的部位如口袋、领子等有不同的机器进行缝制，过程中不时需要对布料进行熨烫、定型……就这样一道道走下来，最后成衣进入检验包装。检验工仔细丈量每个服装重要部位的尺寸，看是否对称、平整，有的还要通过模特试穿目测检验，确保不留一点遗憾。

军装生产过程中，军事代表在各个生产厂蹲点，严格把好质量关。军事代表为每个生产厂提供了精确到毫米的服装规格，生产厂要严格按照规格生产，丝毫不能修改。

军事代表们的严格程度令生产厂的负责人们直咋舌。他们拿着卡尺量每一个地方，即使领口的宽度差了一毫米也要返工。

某企业的生产负责人说：

规格样式是军方提供的，生产企业保证规格毫不偏差的重要措施，就是检验再检验，生产中"下序"的工人检查"上序"的工作，此外还要经过 4 道严格的检验工序。每一个差错都可能造成不可弥补的损失，物质损失还在其次，耽误了部队换装，责任谁也负不起。

生产过程中，军方代表进驻企业，与负责生产的王辉同一办公室办公，随时协调问题，时刻对生产质量进行跟踪检验监督。生产出来的军装保证不能出问题。

为此，各生产商在生产过程中，警卫力量增加了一倍，24小时在车间及仓库来回巡逻，防火防盗，在存储上，也是专库专用。

从厂区到部队驻地的运送更是戒备森严。设有单独的车辆，单独的司机。任何一辆车都配备两个以上的司机，两辆以上的车辆同时运送。对途中可能出现的任何意外，都设计了应急预案。

7月4日，某生产商生产的最后一批军官礼服发往部队驻地，负责人终于松了一口气。

他感慨道：

07式军服的生产使他感受到前所未有的压力，但是，与军队的合作也极大地锻炼了企业和员工。

换装新式军服

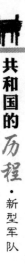

小纽扣推迟军装生产

在新军装生产的过程中，最为紧张的不仅仅是生产线上的工人，还有军事代表。他们不仅要严把质量关，督促企业严格按照规格生产，还要处理各种突然出现的问题，交通堵塞、停水停电、防火防盗，都成了军事代表们心里放不下的事情。有时，一个小小的纽扣也能让他们连续几个月寝食难安。

这天，一个军事代表在检查纽扣质量时，发现一个纽扣的边缘上有一块几乎察觉不到的锈迹，这立刻引起了他的警觉。

纽扣还没出厂就出现生锈的迹象，到了部队，纽扣会锈成什么样子啊！他想起了 100 多年前的一个关于纽扣的故事。

那时，法国军队在拿破仑的指挥下向俄国进攻。适逢严寒，来自温暖的欧洲大陆的法军士兵不适应俄国零下 30 多摄氏度的气温，冻死冻伤无数，严重削弱了部队的战斗力。

拿破仑心急如焚，立即命令从国内调集冬装送往前线。冬装如期而至，但打开包装后，士兵们发现，所有的军装居然没有纽扣，穿上这样的军装，怎么能抵挡西伯利亚的寒流呢！

因为没有御寒的军装，法军因冻伤减员，兵败回国。拿破仑大发雷霆，命令调查，一定要查出导致数千士兵冻死的"间谍"。

经过调查，拿破仑接到了一个让他啼笑皆非的报告。报告说，造成军装没有纽扣的"间谍"是"上帝"。

原来，冬装的纽扣是锡制的，而锡在零下 30℃ 的时候就会变成粉末，是西伯利亚的寒流把军装的锡制纽扣变成了粉末。

一个小小的纽扣能决定一场战役的胜利和失败，这不能不引起军事代表的警觉。他立即把这个情况上报。

中央军委有关部门立即展开调查，发现是纽扣的制作工艺问题。如何调整工艺呢？

此时，大批的军装已经生产完毕，挂在库房里，就等着纽扣。一个月的时间过去了，军装越挂越多，库房几乎装不下了。一个小小的纽扣挡住了军装生产的大路。

这时，负责纽扣生产的厂商经过反复研制，拿出了工艺改进方案。把原来纽扣表面的喷漆工艺，改为电泳处理，使纽扣更加耐磨损，耐氧化。

这个建议被采纳。

问题解决后，军事代表高兴地拍着纽扣生产厂负责人王伯年的肩膀说："真是太感谢你了！"

军事代表们很庆幸，当初他们的选择没有错。2002年的时候，总后军需部进行新式军装的研制，在国内联系一些企业进行研发和试制，对于新军装纽扣的生产，军需部找了很多厂家，先是要求试制和做出样品，再优中选优，这个纽扣厂名列其中。

但做新产品需要付出巨大的代价。

王伯年说：

> 当时，有的人说我有点傻，放着利润高的订单不做，偏要去服从军队的"调遣"，去做质量要求高，成本和技术含量高的"军工产品"。现在为了这个国防订单，我们取消了原来一些老客户的订单，取消了大部分的出口业务。为了全军换发07式新军装，每天加班加点，扩大生产规模，就是为了完成生产任务。

王伯年成功了，他深有感触地说：

> 从表面上来看，我们企业好像成了"军工企业"，生产要保密，管理要保密，连产品型号也只能是单一生产，不能面向社会销售，好像我们是吃亏了。
>
> 但是，由于订单稳定，军队系统商业信誉好，更因为生产技术交流，我们的生产工艺水平更上一层楼，研发能力也有了进一步的提高。我们在企业发展和支援国防之间找到了契合点。
>
> 从长远看，这样更有利于我们企业的发展。

民营企业成长不易，更有许多制约民营企业发展的瓶颈问题，比如，管理方法，生产工艺，原材料采购，等等。通过与军队几年来的合作，我们顺利解决了这些问题，生产经营规模进一步扩大。

同时，也在业内赢得了很高的赞誉，一些单位纷纷送来订单，原来的客户也慢慢理解了我们，合作关系更加密切。

2007年7月，王伯年接到了驻香港部队发来的热情洋溢的感谢信：

6月30日，我部官兵着制式服装，以严整的军容，高昂的士气，良好的形象接受了军委领导的检阅，出色地完成了受阅任务。谨此，向给予驻军"10周年纪念"活动大力支持的贵厂领导和全体职工，致以崇高的敬礼和衷心的感谢！

换装新式军服

香港驻军着新军装受阅

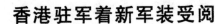

2008 年 6 月 30 日上午，中共中央总书记、国家主席、中央军委主席胡锦涛在香港昂船洲海军基地，检阅中国人民解放军驻香港部队。

昂船洲海军基地彩旗飘扬，一派节日气氛。现场悬挂着"热烈欢迎胡锦涛主席视察驻香港部队"的横幅。约 1900 名驻港部队官兵组成的仪仗队、陆军方队、海军方队、空军方队、装甲兵方队和直升机方队，列队接受胡锦涛主席检阅。

10 时许，阅兵场上，军乐队奏起雄壮的阅兵曲。

三军将士穿着新配发的 07 式军服，显得更加威武挺拔，自信与自豪写在了每个人的脸上。

在刚刚进入香港的时候，他们的 97 式军服就令全香港乃至全世界的人们赞叹：

军服也能如此漂亮！

当五星红旗在维多利亚湾飘扬时，全世界都在为这支一雪百年之耻的军队喝彩。

如今，新军装让这支部队更加威武挺拔。松绿色的陆军，本白的海军，蔚蓝色的空军，如一道和谐的乐章在码头上奏响。

驻港部队司令员王继堂向胡锦涛敬礼报告："军委主席，中国人民解放军驻港部队受阅部队列队完毕，请您检阅。司令员王继堂。"

胡锦涛回答："开始。"

胡锦涛依次检阅了驻港部队仪仗队、陆军方队、海军方队、空军方队、装甲兵方队和直升机方队。

在阅兵场上，胡锦涛欣喜地看到，驻港官兵们穿上新式军服，军姿更加挺拔威武。

换装新式军服

北京举行新军装发放仪式

2008 年 7 月 3 日，解放军新式军服发放仪式在北京军区举行，标志着全军换发 07 式军服工作正式开始。

发放仪式上，解放军总部领导向陆海空官兵代表发放了新式军服。在发放仪式前，解放军总部组织召开了全军军服调整改革工作会议。

中央军委委员、总后勤部部长廖锡龙出席会议并讲话。他说：

自 1950 年全军统一军服制式以来，我军先后进行了 12 次军服改革调整。这次是我军历史上最大规模的换装，涉及礼服、常服、作训服和标志服饰 4 个系列共 644 个品种，也是我军最全面、最系统、最顺利的一次军服改革。

07 式军服，分为礼服、常服、作训服和标志服饰四大系列。

07 式军官礼服包括夏礼服和冬礼服。

军官夏礼服的样式是：男军官夏礼服，上衣为西服领，平驳头，单排两粒扣，两个下挖袋，有袋盖，裤子为西服裤，领边、裤中缝有军种牙线。

女军官夏礼服，上衣为西服领，平驳头，单排两粒扣，两个下挖袋，有袋盖，裤子为西服裤，领边、裤中缝有军种牙线。

在用料方面，将军为纯毛凡尔丁，校尉官为 70／30 毛涤凡尔丁。颜色上，陆军为米黄色，海军为本白色，空军为浅天蓝色。军种牙线，陆军为正红色，海军为白色，空军为天蓝色。

军官冬礼服的样式是：男军官冬礼服，上衣为西服领，尖驳头，双排 6 粒扣，两个下挖袋，有袋盖，裤子为西服裤，领边、裤中缝有军种牙线。

女军官冬礼服，上衣为西服领，尖驳头，双排 6 粒扣，两个下挖袋，有袋盖，裤子为西服裤，领边、裤中缝有军种牙线。

在用料方面，将军为纯毛礼服呢，校尉官为 70／30 毛涤礼服呢。颜色上，陆军为海蓝色，海军为藏青色，空军为宝蓝色。牙线颜色与夏礼服同。军官礼服配夏常服的衬衣、领带。

常服包括军官常服和士兵常服。军官常服包括夏常服和冬常服。

夏常服的样式是：男军官，上衣为小开领，单排 6 粒扣，两个上贴袋，两个下挖袋，有袋盖，裤子为西服裤。

女军官，上衣为小开领，单排 3 粒扣，两个下挖袋，有袋盖，裤子为西服裤。

换装新式军服

在用料方面，将军为纯毛凡尔丁，校官为 70/30 毛涤凡尔丁，尉官为 45/55 毛涤凡尔丁。颜色上，陆军为棕绿色，海军为上本白下藏青色，空军为上棕绿下藏青色。军官夏常服配涤棉白细布衬衣，男军官系藏青色 45/55 毛涤凡尔丁领带，女军官系玫瑰红色人造丝领带。

夏常服配有制式衬衣。其样式是：男军官为猎装式，开领、短袖，单排 6 粒扣，4 个贴袋，有袋盖；女军官为开领、短袖，单排 4 粒扣，两个下贴袋。

用料为 65/35 涤棉精梳纱卡。颜色上，陆、空军为米黄色，海军为漂白色。女军官裙子为藏蓝色西服裙，用料为 65/35 涤棉平布。

冬常服的样式是：男军官，上衣为立翻领，单排 5 粒扣，4 个挖袋，有袋盖，裤子为西服裤；女军官，上衣为开领，双排 6 粒扣，两个斜挖袋，有袋盖，裤子为西服裤。

在用料方面，将军为纯毛马裤呢，校官为 70/30 毛涤马裤呢，尉官为 65/35 涤棉卡其布。将、校官冬常服颜色，陆军为棕绿色，海军为藏青色，空军为上棕绿下藏青色。尉官冬常服颜色，陆军为草绿色，海军为藏蓝色，空军为上草绿下藏蓝色。

士官，即军士长、专业军士、士兵、学员，常服也分夏常服和冬常服。

夏常服：样式与军官夏常服同。用料为 65/35 涤棉平布。颜色，陆军为草绿色，海军为上漂白下藏蓝色，空军为上草绿下藏蓝色。夏常服配米黄色纯棉针织圆领衫。

制式衬衣：样式、用料、颜色分别与所在军种军官制式衬衣相同。

冬常服：样式、用料、颜色分别与所在军种尉官冬常服相同。

士兵常服包括夏常服和冬常服。

夏常服的样式是：陆、空军男士兵，上衣为小开领，单排4粒扣，4个贴袋，有袋盖，裤子为西服裤；海军男士兵，上衣为套头式水兵服，裤子为水兵裤；女士兵，上衣为开领，单排3粒扣，两个下挖袋，有袋盖，裤子为西服裤。

用料为65/35涤棉平布。颜色，陆军为草绿色，海军为上漂白下藏蓝色，空军为上草绿下藏蓝色。夏常服配米黄色针织圆领衫。

制式衬衣的样式是：男士兵为开领、短袖，单排4粒扣，两个下贴袋，有袋盖；女士兵为开领、短袖，单排4粒扣，两个下贴袋。用料、颜色与所在军种军官制式衬衣相同。

士兵冬常服的样式是：陆、空军和海军陆勤男士兵，上衣为立翻领，单排5粒扣，4个贴袋，有袋盖，裤子为西服裤；海军海勤士兵，上衣为套头式水兵服，裤子为水兵裤；女士兵与女尉官相同。用料、颜色均与所在军种尉官冬常服相同。

换装新式军服

作训服是军人在作战、训练、劳动和执行其他勤务时穿着的制式服装。分夏作训服、冬作训服和冬、夏迷彩作训服4种。07式迷彩改用先进的数字迷彩伪装，更具有科技性，并把肩章改换为领章。

07式林地通用迷彩服包括军官夏、冬作训服。

夏作训服的样式、用料与士官夏常服同。颜色，陆军为草绿色，海军为藏蓝色，空军为上草绿下藏蓝色。

冬作训服的样式是：上衣为开关领，暗排7粒扣，4个挖袋，有袋盖，有一个臂袋，中腰下摆有抽带。裤子脚口有抽带。

用料、颜色与所在军种尉官冬常服相同。防寒层，按冬服配套规定，为腈纶绒衣裤、絮片棉衣裤、絮片背心等。

士官、士兵作训服包括夏、冬作训服。

夏作训服的样式是：上衣为夹克式，开领，暗排5粒扣，两个上贴袋，有袋盖，两个下斜挖袋，有臂袋；裤子脚口有扣襻。用料为65/35涤棉平布。颜色与军官夏作训服相同。

冬作训服的样式、用料、颜色及防寒层均与军官冬作训服相同。

迷彩作训服分夏、冬季两种迷彩图案。样式与士兵夏、冬作训服相同，用料为维棉或涤棉平布。

07式军服的军帽分常服大檐帽、作训帽等，军鞋分为皮鞋、解放鞋等。

常服大檐帽的样式为大圆顶、宽帽墙，有黑色硬塑料帽檐。军官、士官、士兵大檐帽用料、颜色分别与其夏常服上衣相同。

军官常服大檐帽，帽墙外套人造丝带，陆军为正红色，海军为黑色，空军为天蓝色。帽饰带用人造丝编织而成，将军为金黄色，校、尉官为银灰色。将、校、尉官礼服大檐帽、军乐团及仪仗队军官礼宾服大檐帽有金黄色帽檐花，样式同常服大檐帽。

士官大檐帽帽墙丝带、帽饰带用料和颜色与尉官大檐帽同。士兵帽檐丝带，陆、空军为墨绿色，中间分别加1厘米宽正红色和天蓝色装饰线；海军为黑色，士兵帽风带为黑色人造革。武警大檐帽帽墙外套人造丝带为黄色。

作训帽的样式为平帽顶、直帽墙、宽帽檐。女军人仍用无檐软帽。用料、颜色均与夏作训服上衣相同。

官兵栽绒帽、皮帽及水兵帽，样式、用料均与85式服装相同。

将官皮鞋的样式为素头，内松紧横条舌式，帮面用料为黑色黄牛皮正面革，橡胶底。校、尉官皮鞋，样式为三节头内耳式，用料与将官皮鞋同。女军官皮鞋，样式为小圆头、方圆口、无带、中跟，帮面为黑色黄牛皮正面革，橡胶底、注塑跟。

男军人解放鞋样式为解放鞋式加防砂海绵鞋口，后帮加衬，分高、低腰两种。女军人解放鞋样式为网球鞋

换装新式军服

式加防砂海绵鞋口，帮面为草绿色棉帆布，底为橡胶底。

男布鞋的样式为低靿儿皮鞋式，女为加中筋坡跟式。用料，男式帮面为黑色帆布，底为橡胶模压底；女式帮面为黑棕色涤纶纬编布，底为塑料底。

辅助防寒鞋的样式为高靿儿皮鞋式，帮面为黑色棉帆布，内衬羊毛毡，橡胶模压底。女棉鞋的样式为高靿儿皮鞋式，中跟，帮为涤纶纬编布，内衬羊毛毡，改性聚乙烯注塑底。毛皮鞋、男军人棉鞋及舰艇毛皮鞋等样式与现行相同。

礼服皮鞋共分为武警、海军、陆军、空军4种，武警与陆军都是黑色，空军与海军都是白色，样式为小圆头，无带，分为士兵、尉官、校官、将官礼服皮鞋，款式相同。女士为高跟或中跟，材料相同为牛皮。

三军将士换上新军装

2007 年 8 月后，我军各部队陆续换装 07 式军服。三军将士换上了新军装，精神抖擞、神采奕奕地伫立在边境线、海防线上。

凤尾竹婆娑摇曳，新军装熠熠生辉。在中缅边境姐告段，我军一支巡逻分队格外引人注目，他们身着崭新的 07 式新军服，引得沿途傣族、景颇族群众驻足观看，啧啧赞叹。

在中缅边境 71 号界碑，两国边防人员亲切交谈并互通边境情况。看到中国军人穿上了崭新的军装，缅甸军人羡慕不已。

缅甸边防官员阿杜握着我军边防战士杨自博的手，情不自禁地赞美道：

　　　你们的新军装真漂亮，真精神！

穿上新军服的边防官兵尽显威武之师、文明之师的良好形象。

"老山戍边英雄连"四班班长郑学良高兴地说：

　　　这套新军装真漂亮！穿着它在边防线上执

换装新式军服

111

勤巡逻，真提咱中国军人的精气神！

"红河前哨钢二连"刚刚穿上新军装的二级士官宫国栋高兴而又略带遗憾地说道：

> 还有一年就要退伍了。穿上这身新军装，突然觉得这兵还没有当够，真想当一辈子兵！

在祖国的版图上，有一个唯一不通公路的地方是西藏自治区的墨脱。虽然不通公路，但驻扎在那里的部队依然在 2007 年建军节的时候穿上了新军装。

由于墨脱边防不通公路，新式服装只能通过人背马驮运送。为确保新式服装运输途中不丢失、不损坏、不变形，林芝军分区采取按人分包装，每人两箱，箱内衣服固定，纸箱外增设防雨布，既防潮又便于人背马驮。

由于部队驻地高度分散，达不到洗涤保养要求，他们还为每个连队准备了 3 至 4 把蒸汽电熨斗，帮助基层解决熨烫难的问题。

为使部队官兵能在八一建军节时穿上新军服，林芝军分区采取车辆运输和人力背运的方式，组成了 3 个运输队，出动车辆 11 台次、背运民工 30 余人、驮运骡马 20 匹，行程近 200 公里，把 17 吨新军服提前送达部队驻地。

经过林芝军分区机关一个多月的连续奋战，八一建

军节那天，墨脱县的全体边防官兵都穿上了 07 式新
军服。

身着新军服的桑格尔桑前哨排排长陈军满脸喜悦
地说：

> 新军服轻巧、美观、实用，更好地展现了
> 我军良好的精神风貌，满足了部队作战训练的
> 需要。

远离祖国参加维和任务的我军官兵，也在八一建军
节前领到了新军装。

2007 年 7 月 31 日，我驻黎巴嫩维和工兵营 55 名军
官穿上了从国内邮寄到的 07 式新军装。

营长罗富强感慨地说：

> 远在万里之外的维和官兵能在建军 80 周年
> 之际穿上新军装，是祖国送给全体维和官兵的
> 一份特殊的"慰问品"，同时，也充分体现了各
> 级首长对海外维和官兵的关心和厚爱。

维和工兵营的 55 名军官分别来自不同的单位。为了
让他们在建军 80 周年时能穿上合体的新式军装，7 月中
旬，成都军区联勤部有关部门和七七二〇〇部队后勤部
军需处就主动与维和工兵营联系，进一步确认每名维和

换装新式军服

共和国的*历程*·新型军队

军官的单位、姓名、职务和军龄等。

军区联勤部军需部还提出了"三个一定要"，即每个军官的衣服一定要合体，衣服上的各种标识一定要无一差错，军服一定赶在8月1日建军节之前邮寄到。

为此，七七二〇〇部队后勤部专门组织力量到每个维和官兵所在单位进行收集，并用特快专递统一邮寄。

维和工兵营收到从国内邮寄来的新式军服后，立即组织发放，并把新式军装着装的具体要求从网上下载后做成幻灯片专门组织军官进行学习。

随后，55名军官进行了试穿，没有一个同志的衣服不合身，没有一个同志衣服上的标识出现差错。

穿上新军装，戴上蓝色贝雷帽，来自七七二〇〇部队司令部的作训参谋李四刚在试穿后站在镜子面前左摇右晃，不肯离开。他高兴地说：

> 穿起来太合身了，简直就像量身定做的一样！

"你们的军装太漂亮了！"一个到营里来拉生活用水的意大利士兵看后，发出了这样的赞叹。

外电热评我军换新装

2007 年 7 月 1 日，香港举行纪念香港回归 10 周年活动中，胡锦涛检阅了中国人民解放军驻港部队。我军 07 式新军服首次公开亮相，立刻引起了世人瞩目。

对于中国新军服的首次露面，英美等西方国家媒体均表示出了高度的关注，并不约而同地以《走向时尚》为标题，把中国军服全面换装视为中国军队全面与国际接轨的重要里程碑。

英国《泰晤士报》于 7 月 3 日刊登的一篇标题为《军队完成时尚革命的长征》的文章声称：

> 世界规模最大的军队即将换装。松松垮垮的棕绿色军服已经过时，解放军已经决定斥资 60 亿元人民币在今后 3 年内为 230 万名官兵换发时髦的新式军服。

英国媒体关注的是 07 式军服变得更漂亮了，而美国的美联社则分析了我军换装的深刻背景。

美国人虽然也以《军服走向时尚》作为标题，但其文章内容却将中国换发新式军服的原因归结为军费预算增加和中国越来越多地参与联合国维和行动。

美联社认为：

中国军方逐步为官兵换发新式军服标志着带有红色和金色徽章的，朴素肥大的绿色军服终于发生了变化。而此前的 20 多年，中国军服几乎没有什么变化。

中国官方今年公布的 449 亿美元军费将主要用于提高军人工资和退伍费、更换新式军装和军队教育。

除了军费因素外，日益增长的中国军队海外军事交流次数，包括越来越多地参与联合国在非洲、中东和海地等地的维和行动，也是此次中国军服全面换装的另一重要原因。而且由于款式时尚新颖，新式军服还可能吸引更多高素质人才入伍。

美联社的分析虽然还是有"冷战思维"的痕迹，对于中国军费的增长心里有些酸溜溜的，但也不得不指出，这些军费是用于军人福利，改善军人形象。

印度从另一个角度分析了我军的这次换装，把人们的目光引向了 07 式军服所具有的实战功能。

《印度时报》一篇标题为《中国军队数字迷彩服》的文章报道声称：

中国士兵如今已经穿上数字化军服，今后敌人将更难发现他们……一批由解放军总后勤部军需装备研究所设计的数字迷彩服将随着解放军军服的全面换装逐步分发到各个部队。

解放军总后勤部军需装备研究所高级工程师张旭东说："这种新型数字迷彩服远看像大花，而近看像碎石。"张旭东表示，迷彩服能"隐身"还在于采用了特殊的染料。07 式作训服的数字迷彩图案不仅能逃过肉眼识别，而且在微光及红外的部分波段内也具备防侦视功能。

对此，《印度时报》说：

这种新型的迷彩服将能让中国士兵"隐身"，就像电影《印度先生》里发生的那样。《印度先生》是一部于 20 世纪 80 年代拍摄的印度国产科幻片，电影中的主角拥有一个戴上后可以让人隐形的手镯。

新型的数字迷彩服不同于当前解放军所装备的迷彩服，过去中国军服的迷彩是手工绘制的，不同颜色之间有一个鲜明的界限。而新型数字迷彩服运用像素点阵的视觉原理，使得不同颜色间的边缘模糊化，伪装效果提高了许多。此外，新迷彩服的抗磨损性也比以往有较大提高，是中国军队目前使用的迷彩服的 4 倍。当

换装新式军服

117

前，解放军总后勤部军需装备研究所已经开发出了 4 款新式的数字迷彩服，它们分别为城市型、林地型、沙漠型和海洋型。

07 式军服之所以极大地引起世界各国的关注，正是因为 07 式军服实现了与国际的接轨，实现了军装功能的突破。

走上现代化与国际化的中国军队，将变得更加自信和坚定。

参考资料

《走向现代化的人民军队》黄宏 程卫华主编 人民出版社

《共和国军队回眸》杨贵华 陈传刚编著 军事科学出版社

《新中国军旅大事纪实》张麟 程秀龙著 湖南人民出版社

《中华人民共和国军事史要》本书编委会著 军事科学出版社

《大裁军》陈先义主编 长征出版社

《五十年国事纪要》余雁著 湖南人民出版社

《中南海三代领导集体共和国军事实录》蒋建农主编 中国经济出版社